レンタル彼氏《ダーリン》。

高岡ミズミ

幻冬舎ルチル文庫

CONTENTS ✦目次✦

職業、レンタル彼氏。

✦イラスト・榊 空也

✦カバーデザイン＝久保宏夏（omochi design）
✦ブックデザイン＝まるか工房

職業、レンタル彼氏《ダーリン》。

1

努力は必ず報われる、と言ったのは高校時代の担任だった。が、世の中には努力ではどうにもならないことがあると、今日、葉山馨《はやまかおる》は身をもって実感している。

大学卒業後に入社した文具メーカーは、小さいながらも堅実ないい会社だった。一年たって営業の仕事にも慣れ、さてこれから頑張ろうと思っていた矢先、倒産を知らされて愕然《がくぜん》となった。

三日間なにもする気になれず、コンビニへ弁当を買いにいく以外アパートの部屋でぼんやりと過ごしていたものの、このままずっと引きこもっているわけにはいかない。家賃を払い、飯を食わなければならないのだ。

四日目になり、なんとかそう自身を奮い立たせて職探しをするために外出したのは、ほんの三十分ほど前になる。まずはハローワークから行ってみるつもりだったが——どうにも気が晴れないのは致し方なかった。

ため息を押し殺し、空を仰《あお》ぐ。

まるでみじめな自分を嘲笑《あざわら》うかのごとく五月晴《さつきば》れの空には雲ひとつなかった。

行き交う人たちがみな浮かれているように見える。不幸なのは自分ひとりなのかもしれない、そんなふうに思えてきて、堪《こら》え切れずに長いため息をこぼした。

「……正社員がいいけど、この際贅沢《ぜいたく》は言ってられないしな」

ハローワークを目指し、大通りをとぼとぼと歩く。飲食店や事務所等がひしめく駅前まで歩いてきた馨は、缶コーヒーでも買おうとコンビニに立ち寄った。

入り口付近の無料求人誌を尻目《しりめ》に、雑誌コーナーへ足を進めていく。面陳されている雑誌の中から今週号の漫画を手に取ったが、ぱらぱらと捲《めく》っただけでまたもとの場所に戻した。

そのまま飲み物コーナーへ向かい、缶コーヒーに手を伸ばす。レジで代金を払ってから、結局無視できずに求人誌を摑《つか》んで外へ出た。

隅に移動し、缶コーヒーのプルタブを引いて口をつける。ごくりと一口飲んだとき、ふと、外壁に貼られているチラシが目に飛び込んできた。

「急募――KRFアソシエーション?」

好待遇、歩合制。特別ボーナスあり。夢を与える仕事です。やる気のある方、大歓迎！と並んでいる文字に釘《くぎ》づけになる。

話を聞くだけ聞いてみようか。急募ならすぐにでも雇ってもらえそうだし、なにより好待遇という文字に惹《ひ》かれる。もしおかしな仕事だったときは、回れ右をして帰ればいいのだ。

「よし」

缶コーヒーを飲み干し、ごみ箱に放ったその手でチラシに書かれている番号に電話をかける。

呼び出し音は三回鳴ったあと、ぷつりと途絶えた。

『はい。KRFアソシエーションです。ご依頼ですか』

耳に届いた快活な声に、ごくりと唾《つば》を嚥下《えんか》した馨は緊張しつつ口を開いた。

「あ、いえ。じつはいま求人のチラシを見たのですが――葉山と申します」

『ああ、そっち』

男がいったん電話口から離れる。次に聞こえてきたのは別の男の声だった。

『お電話代わりました。私が所長の剣崎《けんざき》です。早速だけど、きみ、何歳？』

所長直々《じきじき》に対応してくれるらしい。電話越しでもよく通るバリトンボイスだ。

「二十三です」

『二十三、いいね。容姿はどう？　自信がある？』

「……え、まあ」

いきなりなんだろうか。怪訝《けげん》に思う間にも質問は重ねられる。

『うちは外見も仕事に影響するんだ？　身長、体重は？』

「…………」

まさかいかがわしい会社ではと警戒しつつ、問われるまま答えていくと、電話口の男の声が明らかにやわらかくなった。

『葉山くんだったね。これから来られるかな。うちの住所はチラシに書いてあるとおりなんだが――一階がコンビニで、二階にうちの事務所がある。ああ、けっしていやらしいことをさせようっていうんじゃないから、安心していいよ。で、どれくらいで着きそう？』

早速面接だ。馨は視線を上げる。大きく取られた窓に、ＫＲＦの文字が見えた。

「あー……っと、一分足らずで」

『ますますいいな』

その一言で電話が切られる。よほど忙しいのか、慌ただしいことこのうえない。大丈夫だろうかと不安に駆られたものの、ハローワークに向かう前にチラシを見かけたのもなにかの縁だろう。

意を決し、コンビニの横にあるコンクリートの外階段を上る。ＫＲＦとプレートの掲げられたドアの前に立つと、一度大きく深呼吸してからドアノブへ手を伸ばした。

「失礼します。先ほどお電話させていただいた葉山です」

思っていたより広い事務所は、どこにでもある普通のオフィスのように見える。入り口付近の観葉植物、右手にある応接スペース。いくつかデスクが並び、壁のスチール棚にはファイルがずらりと並んでいる。

その場にいた三人が一斉に馨を見たかと思うと、彼らはすかさずアイコンタクトを送り合い、さらに頷《うなず》き合った。

「よく来てくれたね！」

窓際のデスクに腰《こし》かけていた男が満面の笑みで歩み寄ってくる。声音で、彼がバリトンボイスの所長、剣崎だとわかった。

剣崎は声音にふさわしく、男くさい容姿をしている。やや長めの髪にがっしりとした体軀《たいく》、彫りの深い目鼻立ち。強面《こわもて》で眼光鋭く、笑顔を向けられても脅されているような気分になってくる。

右手を差し出され、戸惑いながらも手を出し握手を交わした。

「きみのような人材を待っていた。採用だ。早速、仕事に取り掛かってくれ」

手放しの歓迎はありがたい。が、展開の速さについていけず、二の足を踏んでしまう。

「もう、ですか？　普通は職歴とか資格とか聞くものじゃないんですか？」

面接くらいはしてほしいと言外に伝えてみたが、おおらかなのか適当なのか、剣崎は歯牙《しが》にもかけなかった。

「ああ、うちはそういうの重要じゃないから。大事なのは、いかにそれらしく見えるかで——葉山くん、きみこそいま我々が必要としている人材だ」

力説されればされるほど、大丈夫かと疑心暗鬼になる。理由をつけて帰ったほうがいいのではないだろうか。

「町田《まちだ》」

馨の不安を知ってか知らずか、剣崎はいきなりパチンと指を鳴らした。茫然《ぼうぜん》としているうちに傍《そば》へやってきた女性が――どうやら彼女が町田らしい――頭から足まで馨を熟視するや否や、いきなりジャケットの釦《ボタン》に手をかけてくる。

「……え」

ジャケットのみならずシャツの前まで開かれ、咄嗟《とっさ》に逃げようとした。しかし、細身にも拘《かかわ》らず町田の力は強く、どうしようもない。

「おとなしくしてなさい」

町田は真顔でぐいとシャツを引っ張り馨をそこに留《とど》めると、あっという間に衣服を剝《は》ぎ取り、ボクサーパンツ一枚にしてしまう。

「な、なんなんですかっ」

説明を求めて剣崎ともうひとりの男性にすがるような視線を投げかけてみてもふたりは説明するつもりがないのか、そ知らぬ顔で傍観を決め込んでいる。町田に問おうにも、らんらんと瞳《ひとみ》を輝かせる様を前にすれば口を開くのですら憚《はばか》られた。

「わ……っぷ」

頭から、さらりとした衣服を被《かぶ》せられる。薄いグレーのサテン生地に黒い花模様のこれは――。

「ワンピー……」

その単語を口に出せず、唇《くちびる》を噛《か》む。ひらひらとした生地《きじ》からにょっきりと生えているみたいに出ている自分の脚を見つめた馨は、状況を把握しようと思考をフル回転させたが、やはりどうしてもわからない。

「あ、あの……これは、いったい」

自分は仕事を求めて面接に来たはずだ。それが、なぜいきなりワンピースを着せられるはめになっているのか。

「そこに座って、目を閉じて」

有無を言わさず命じられ、反射的に従った。

「他のことを考えていたら、すぐすむわ」

坊《ぼう》や、とほほ笑みかけられても反論ひとつできなかった理由ははっきりしている。町田が恐ろしく美人だと気づいたせいだ。

三十代半ばで、いかにもできる女性ふう。身長は百七十五センチの馨と同じくらいあって、スタイルも抜群にいい。

女性を大事にしなさいと子どもの頃からの父親の教えが染みついている馨は、基本的に女性に弱い。美女ならなおさらだ。美女の要求を突《つ》っぱねるなど、馨には不可能だと言ってもよかった。

顔を撫《な》で回されること十数分、我慢の限界が近づいたとき、ようやく解放される。

「はい。目を開けて立ち上がって」

ぱんと手を叩《たた》かれ、今度も黙って従う。立ち上がってから目を開けた馨は、六つの目にさらされて頬《ほお》を強張らせた。

「こりゃ、すげえな。想像以上だ。おっぱいはないが、むしろそこがたまらんって奴《やつ》もいるだろう」

と所長が言えば、もうひとりの男が感嘆する。

「は～、男に見えないっすね。というか、並みの女じゃ太刀打《たちう》ちできない」

なにをさせられているのか気づいていた馨だが、その後の町田の台詞《せりふ》で正確に悟った。

「悔しいくらい化粧ノリもいいし、この子、本当に美形なのよ」

つまり、面接もなしに採用されたのは、女装をさせられるためだったらしい。

女装自体は初めてではない。中学、高校と文化祭のたびに面白がって女装させられたあげく、本気になった男に迫られまくったという苦い過去がある。

周囲の女生徒より数段可愛《かわい》いのだから言い寄られるのはしようがない。女装が似合うのも同性を本気にさせるのも、全部この美貌《びぼう》のせいだとあきらめてきた。さらさらの黒髪に、二重のつぶらな目、つんとした鼻、桜の花弁を思わせる唇とくれば周囲の注視を浴びるのは当然だろう。

とはいえ、まさか二十三歳にもなって学生時代と同じ目に遭うなんて予想だにしていなかった。まさか文化祭をやろうとでもいうのか……。

赤く染まった唇をへの字に歪《ゆが》めた馨の肩に、上機嫌の所長が手をのせてきた。

「想像以上だ。早速、待ち合わせ場所に向かってくれ」

予想の斜め上をいく言葉に、ひくりと頬が引き攣《つ》る。女装しなければならない仕事など、まともであるわけがない。

やはり辞退しよう。

「申し訳、ありません。このたびの件は――」

「今回は特別だ。時給五千、いや、一万出そう」

言葉尻をさえぎった剣崎が、左手の人差し指を馨に示した。

「恋人のふりをしてレストランでフルコースを食うだけでいい。うちはレンタルファミリー会社で基本的に夢を与える商売だから、物騒な仕事は受けない。その点は保証する。もちろんちゃんと女性所員が務めるはずだったんだが、一時間ほど前に急性虫垂炎で入院したと連絡があった。依頼主に頭を下げにいこうとしていた矢先に、葉山くん、きみが現れたんだ。これもなにかの運命だろう。きみは我が社の救世主だと言っても過言ではない」

「…………」

口早に捲《まく》し立てられ、一瞬にしてあらゆる考えが頭の中を巡る。KRFという社名は、剣崎レンタルファミリーの略だったのかとか、勝手に運命にされても困るとか。

同時に、打算的思考もよぎる。

食事だけなら二時間程度だろう。たった二時間我慢する程度で二万円もらえるなら、おいしい仕事だ。しかも、入った早々所長に恩を売れる。普通の男ならまず無理な役割だろうが、自分が適役であることは馨自身が誰より認識していた。

心の中の振り子が左右に揺れる。承知すべきか、拒否すべきか。帰るべきか、帰らざるべきか。

答えを出すのにそう時間はかからなかった。

「……恋人役をこなせばいいわけですね」

そう答えた途端に、三人から拍手が沸き起こる。これほどの歓迎を受けると、悪い気はしなかった。

恵まれた容姿をいかせる仕事を避け、あえて普通の会社員をしていたのは馨にしてみれば意地も同然だった。外見は自慢であると同時に、コンプレックスでもあったのだ。

ちょっと親切にしただけで女に媚《こ》びていると、何度同性から陰口を叩かれただろう。

しかし、自分はもう大人だ。使える武器は使うべきだと、短い営業生活のなかで学んできた。

「足のサイズは二十六くらい？　私、パンプス調達してくるから、その間に詳細を聞いて」

町田はびしっと指差してきたかと思うと、事務所を出ていく。所長と男性所員、そして自分の三人になってから、馨はふと首を傾《かし》げた。

「あのひとが代役では駄目なんですか？」

いくら自分が可愛くても、男だ。確かに所長はとうのたったおじさんだし、男性所員は長身でがっしりした体軀のむさい男なので無理だとわかるが、町田は客観的に見ても美人の部類に入る。

馨の疑問に、こほんと剣崎が咳払《せきばら》いをした。

「依頼人は二十八歳で、そろそろ結婚を意識し始める年齢だ。年下の可愛い彼女のほうが説得力がある」

誰に対しての説得力？　依然釈然としなかったものの、「年下」と「可愛い」を強調した剣崎の説明には同感だった。町田は美人ではあるものの可愛げがあるかどうかといえば、否と答えるしかない。

「早速、仕事内容について説明しよう」

犀川《さいかわ》、と剣崎が男性社員を促した。馨と同年代に見える犀川は資料を手にすると、滑らかな口調で要点を挙げていく。

「依頼主は九條充成《くじょうみつなり》、二十八歳。ＫＳ薬品に勤めるエリートビジネスマン。ストーカー被害を受けているそうですが、相手が知人のため事を荒立てたくないと仰《おっしゃ》って、恋人の存在を見せるために休日に何度か一緒に過ごしてほしいという依頼です」

ＫＳ薬品といえば、誰しもが知っている有名企業だ。ストーカーは、若いエリートに目をつけ、知人から恋人に昇格を望んで失敗したのだろう。ありがちな話だと思いつつ、口紅を塗られてべたべたする唇が気になってたまらず手の甲で拭《ぬぐ》う。赤い色が移ってしまいぎょっとしたが、それどころではなかった。

「お待たせ」

町田が息を切らして戻ってくる。その手にはショップの袋がふたつあり、一方から取り出したピンクベージュのパンプスを馨に履《は》くよう促してきた。

「ヒールの低いものを選んだから、転ぶことはないと思うわ。もともとすね毛は薄いみたいだし、濃い目のストッキングを穿《は》けば大丈夫そうね。あと、声と言葉遣いにはくれぐれも気をつけて。わかったら、ほら、急いで」

有無を言わさず強要され、みなの前でワンピースの裾《すそ》を捲り上げてボクサーパンツの上にストッキングを着用するはめになる。ストッキングもさることながらパンプスはさらに窮屈で、世の女性たちはよくこんなものを穿いていられるものだと感心せずにはいられなかった。

「仕上げ」

もう一方の袋から取り出されたのは、ウィッグだ。それを頭に装着されたあと、鏡の前へと連れていかれた。

「たまげたよ。ここまでとは思わなかった。完璧だ」

剣崎が唸《うな》るのも当然だ。

「……可愛い」

自分でも見惚《みと》れるほど可愛い子が鏡の中にいる。学生時代の適当な女装とはちがい、フルメイクをして艶《つや》やかなウィッグを身に着けた自分は、どこからどう見ても愛らしい女性に見えた。

そのへんのアイドルなんて目じゃない。これなら誰も男だとは気づかないだろう。

「さあ、葉山くん。時間がない」

剣崎に急《せ》かされ、犀川が車のキーを手にする。依頼主との待ち合わせ場所まで送ってくれるようだが、新たな不安が生じた馨は、事務所を出る前に剣崎を振り返った。

「俺の可愛さに依頼主が本気になったら、どうするんですか」

過去にもあったのだから、大いにあり得る事態だ。キスされそうになり、殴《なぐ》り倒したこともある。

たとえ仕事であっても同性愛の趣味がない以上、迫られたときはきっぱり撥《は》ねつけるつもりだった。

「そのときは俺が対処するから、存分にその可愛さを発揮してくれ」

力強い返答にもいまひとつ疑心が拭えないまま、犀川とともに事務所をあとにする。近くのパーキングまで数分ほど歩き、そこから車で現地へ向かう間、ひどく緊張してきた。仕事で女装するのも初めてなら、この手の仕事も初めてなので緊張するなというほうが無理だ。

助手席で、何度か手のひらの汗をワンピースで拭《ふ》いていたのがわかったのか、犀川がちらりと横目を流してきた。

「大丈夫でしょ。女だと思って惚《ほ》れる人間は、じつは男だってばらしたらたいてい冷めるんじゃないですかね。まあ、ばらすのは万が一のときですけど」

もっともな言い分に、ぽんと手を打つ。いかにも体力系に見えるが、剣崎の適当な台詞よりよほど説得力があった。

しばらく走った後、路肩で停車した。犀川が示した前方を確認すると、雑誌でもよく目にするラグジュアリーなホテルが見えた。

もとよりレストランもたびたびメディアで特集されていて、馨も一度行ってみたいと思っていた。今回は、いつか彼女ができた際の予行練習だと思えばいい、そう自分に言い聞かせて唇を引き結ぶ。

「十八時にホテルの前で待ち合わせです」

その言葉とともに、胸ポケットから取り出された写真を見せられる。やや堅物そうな印象を受けるが、そこそこのイケメンだ。

「よし」

十八時まではまだ十分ほどある。ホテルの前まで歩いていって、依頼主についてきているかもしれないストーカーにアピールしてやろう。馨は、気合いを入れて車を降りた。

「うわ」

途端に頼りないヒールが地面を捉え損ね、危うく足首を捻《ひね》りそうになる。

「気をつけてくださいよ」

犀川の忠告が気恥ずかしく、頷いただけでドアを閉め、細心の注意を払って歩きだした。

普通なら一、二分で着く距離を、倍の時間をかけて進み、ようやくホテルの前までやってきた。

依頼人を捜す必要はなかった。依頼人は写真よりずっとイケメンで、おまけに長身だったため一目でわかるほど目立っていた。

実際、通りすがりの女性たちのほとんどが二度見していく。

エリートで、誠実そうなイケメンなど、いまの自分には嫌みでしかない。口中で舌打ちをした馨だが、直後視線が合い、慌てて笑顔を作ってよろよろと歩み寄った。

「初めまして。KRFの葉山と申します」

精一杯高い声で挨拶《あいさつ》をする。

人気ホテルで食事したうえに二万円の報酬を得られる仕事を見す見す棒に振るつもりはなかったし、男として依頼人に対するライバル心も芽生えた。

「九條です。剣崎さんからは、相良《さがら》さんという方が来られると聞いていたんですが」

微《かす》かに首を傾げた依頼人、九條に事態を説明して了承を得る。自分がついさっき雇われた新参者であることは隠しておいた。

「よろしくお願いします」

頭を下げると、九條が片笑む。

「こちらこそ。早速ですが、恋人同士という設定なのでまずは話し方から変えなければいけませんね」

そう言うと同時に、さりげなく腕を組むよう促される。あくまで紳士的な態度が鼻につく。真面目《まじめ》そうに見えても、これだけ条件のいい男だ。放っておいても女性が寄ってくるにちがいない。

切れ長の目と高い鼻梁《びりょう》が印象的な精悍《せいかん》な顔立ちに、百八十センチを超える身長のエリートビジネスマンというレア物件、もし自分が女だったら全力でアタックしてゲットするだろう。

モテ度で言えばけっして馨自身も負けてはいないはずだが、身長と職業で大きく差をつけられていることは認めるしかなかった。

「じゃあ、まずは敬語をやめるべきね。緊張……するけど」

緊張するのは言葉遣いのせいではなかったものの、ぎくしゃくとしつつ九條の腕を取る。

「そうだね。僕も緊張するが、少し馴《な》れ馴《な》れしくしてしまっても許してほしい」

さわやかな笑みを向けられ、一瞬、返答に詰まる。常にストーカーに見られていると仮定して親密さをアピールする必要があるとはいえ、同性は完全範疇《はんちゅうがい》外の自分までどきりとさせるなど、並みの男ではない。

「ふ……ふふ」

無理やり笑みを返し、九條と腕を組んだままホテル内に入る。妙な動きをする女性はとりあえずいそうにない。

気取った客でいっぱいのロビーを横切り、奥のエレベーターまで歩いていく間、履き慣れないパンプスのせいで何度か躓《つまず》きそうになり腕にすがったが、九條はなにも言わずに受け止めてくれた。

これがスマートな男というヤツか、と心中で唸る。

せっかくの機会なので、テクニックを盗んでやるのもいいかもしれない。そんなことを考えつつ、エレベーターに乗った。

「下の名前で呼び合うのはどうかな」

九條の提案に、恋人同士ならそうするだろうと馨も思い、承知する。

「えっと、九條さんは、充成だよね。私のことは馨って呼んで」

こういうとき中性的な名前は便利だ。下手《へた》に偽名を使わずにすむ。

「馨さん、か。きみにぴったりだ」

「……そう？」

ぴったりと言われて悪い気はしない。今度誰かに言ってみよう。

エレベーターが最上階で停まり、開いた扉から先に降りる。緊張は相変わらずあるが、慣れてくると気遣われることが徐々に気持ちよくなっていった。

しかもレストランは、予約がなかなか取れないという人気店だ。当然馨も初めてなので、スタッフに案内されたときから期待でうっかり仕事を二の次にしてしまいそうだった。

窓際のテーブルに案内され、座った途端に腹の虫が鳴る。

「わ」

慌てて腹に手をやったものの手遅れだった。聞かれてしまったらしく、九條がふっと目を細めた。

「ここに誘った甲斐《かい》があった」

「…………」

馨が本当に恋人だったら九條のフォローに茶目《ちゃめ》っ気《け》のある反応のひとつもできただろうが、実際はちがう。食事のために腹をすかせてきたみたいで、恥ずかしかった。

「今日はいろいろあって、ほとんど食べてなかったから」

嘘《うそ》ではない。失職して以来落ち込み、まともな食事をしていなかったのだ。

「なら、ちょうどよかったな」

九條がワインのメニューを開く。好みを聞かれたもののワインに詳しくないので任せることにしたが、九條はここでもスマートさを発揮した。

自分がいかにちゃんとしたデートをしてこなかったのか思い知らされたようで、緊張は薄れるどころか増していく一方になった。

まもなく前菜が運ばれてくる。野菜のゼリー寄せ、キャビア添えだ。

見ているだけで喉《のど》が鳴り、ゼリー寄せにフォークを入れて口に運ぶ。

「……おいしい。こんなの、初めて食べた」

思わず顔を綻《ほころ》ばせると、九條もほほ笑んだ。

トリュフを散らしたサラダ、オマール海老《えび》のビスク、鮟鱇《あんこう》のピカタと続く。食事で機嫌をよくするなんて恥ずかしかったが、どれも品よく、驚くほどおいしかった。

グレープフルーツのシャーベットを挟んで、黒毛和牛フィレ肉のパイ包み焼きを頬張る。

最後のデザートに至るまで感激しどおしで、食事など腹が膨れればいいと思っていた馨であっても、ついワインが進んでしまった。

完璧な食事、素晴らしい夜景。これこそ大人のデートだろう。

「充成さんって、普段からこんなすごいもの食べてるんだ？」

満足しきってコーヒーを飲みながら水を向ける。さぞ高給取りにちがいないと下世話な興味もあった。

「まさか」

九條がひょいと肩をすくめる。

「ひとり暮らしだから、普段はほとんど外食かコンビニ弁当だよ。ときどきは自分で作るようにしているが、最近は忙しくて簡単なものばかりだ」

「料理、できるんだ？」

エリートでイケメンで紳士的というだけではなく料理までこなせるなんて、驚き以外のなにものでもない。

「一時期はまっていたから」

できる男はいるものだと、九條を見ているとつくづく思う。普通なら反感を抱くところだが、九條相手だとそれがない。ひとえに九條のやわらかい雰囲気のせいだろう。

すでにライバル心も薄れていた。

「ストーカーの気持ちがわかるような気がする――って言ったら不謹慎だね。けど、充成さんってモテるよね。うらやましいわ～」

ほろ酔いでもぼろを出さないよう気をつけながら、軽口を叩く。馨もモテるが、ほとんどはアイドルに接するのと同じで本気とは言いがたい。きっと九條の周りには成熟した大人の女性が集まってくるのだろう。

「――」

九條が、なにか言いたげに目を瞬《しばたた》かせた。が、またすぐに笑顔になる。

「そんなことはないな。面白みのない人間だから、すぐに愛想《あいそ》を尽かされる」

「本当に？　イケメンで高収入なのに？」

にやにやしてしまいそうで、真顔を保つのに苦労する。大半の男がそうであるように、完璧と思える男がモテないと聞くのはこのうえなく愉《たの》しい。

「あ、でも、わかるかも。充成さんって相手を緊張させるんだと思う。変なところ見せちゃいけないって身構えてしまうっていうか」

「窮屈だと言われるよ。きみは、話しやすいな」

「そうかな。小さい頃から可愛い可愛いってちやほやされてきたし、確かに基本的にひとの中心でいるのが好きだけど」

一人っ子ということもあり蝶《ちょう》よ花よと育てられてきた。面倒も多々あったが、得することも同じだけあった。

「よくわかるよ」

九條がほほ笑む。自分に向けられるまなざしに好意が見て取れ、馨はふっと視線を外した。

俺に惚れるなよ、と内心で呟《つぶや》きながら。

惚れられたところでどうしようもない。自分はゲイではないため、九條の気持ちに応《こた》える気は万が一にもなかった。

「さばさばしているところもきみの魅力だ」

「会ったばかりなのに?」

半面、非の打ちどころのない九條の褒め言葉に自尊心をくすぐられる。もっとなにか言ってくれないかと、赤い唇をつんと出してみせた馨に、九條が視線を落とした。

「会ったばかりだけど、わかるよ」

九條の見た場所になにげなく馨も目を向けて、直後、うっと喉を鳴らす。爪先《つまさき》の痛みに負けてテーブルの下でこっそり脱いだパンプスが、テーブルクロスの裾から外へはみ出していた。

慌てて足でパンプスを引き寄せる。

「痛かったから……つい」

失敗した、と恥ずかしさで頬が赤らむ。これでは笑われてもしようがない。

「わ、私ったら……はしたないわ」

ばれてはまずいと、人差し指を顎《あご》に当ててことさら女っぽさをアピールした。だが、どうやら杞憂だったようで、九條は笑顔で首を横に振った。

「謝らなくていい。というより、担当がきみでよかったとつくづく思っているところだ。もし他のひとだったら、僕はいま頃話題を探して貝のように押し黙るはめになっただろうな」

九條がほほ笑む。

いまの言葉が嘘ではないことくらい馨にもわかった。口数が少ないところも誠実さの表れに思えるのだ。

「そう言ってもらえると、ありがたい、わ」

いい奴だな、と馨も素直に思う。高スペックを鼻にかけてもいいはずなのに、嫌みなところがない。いや、嫌みがないのが嫌みなのか。

どちらにしても自分が喜怒哀楽のはっきりした性分なぶん、冷静な人間には憧れがあった。

「出ようか」

馨がカップをソーサーに戻したそのタイミングで、九條は腰を浮かせる。窮屈なパンプスに足を突っ込み、馨も立ち上がった。

「ごちそうさまでした」

豪華なフルコースを奢《おご》ってもらえる機会などそうそうないので、満足しつつ腹に手をやる。これで二万円の日当まで出るのだからＫＲＦはなんていい会社だろうと、最初とは百八十度ちがう印象になっていた。

「馨さん、もう少しつき合ってくれる？」

それゆえ九條のこの申し出も二つ返事で承知する。

ホテルをあとにして、すっかり暗くなった街を肩を並べて歩いた。行先を問うまでもなく、九條はすぐ近くにある靴《くつ》専門の路面店に入った。

勧められたのは、男女どちらでも履けそうなお洒落《しゃれ》なスニーカーだ。どうやらよたよた歩く謦を見るに見かねてスニーカーを買うつもりらしい。

「え。大丈夫。そこまでしてもらったら悪いし」

慌てて辞退しても、九條は今日のお礼にと言って聞かない。結局、食事に加えて靴までもらうことになった。

「なんか、すみません。ありがとうございます」

手提《てさ》げ袋《ぶくろ》に入れてもらったパンプス片手に頭を下げる。よけいな金銭を使わせて心苦しかったものの、スニーカーに履き替えたおかげでやっと楽になった。さっきまでとはちがい、足取りも軽く駅へと向かう。

都会の夜空は、煌《きら》びやかなビルの明かりのせいで墨汁でも流し込んだようだ。曖昧《あいまい》な輪郭の月を見上げ、少しひんやりとした春の夜風を頬で感じた。

「礼を言うのは僕のほうだ。適当に恋人役を務めてくれたらそれでいいと思っていたんだが、途中から愉しんでしまった。きみのおかげだ」

さわやかな笑みを向けられ、返答に困る。可愛いとか綺麗《きれい》だとかちやほやされ慣れているとはいえ、こういう褒められ方をされるのは初めてだ。

「あ……まあ、べつに仕事だから」

照れくささもあってそっけない返事をする。

「それでもありがたかったよ」

九條はそう言ったかと思うと、一歩、距離を縮めてきた。

まさか一目惚れしたと言って抱き締めてくる気では――咄嗟に身構えた馨だったが、無用な心配だった。

「タクシーが来た」

右手を上げた九條が、タクシーを停める。妙な勘違いをしてしまった自分がばかみたいで、頭を掻《か》いて路肩に寄ってきたタクシーへ足を向けた。

「今日は不審な女性は見なかったけど、ストーカーにも休みはあるのかな」

ストーカーに見せつけられなくて残念という意味で、後部座席に乗り込む前にそう言った。

「休みがあるかどうか知らないが、相手は女性でなく男なんだ」

タクシー内に半身を入れた状態で九條の返事を聞く。

「あ、なるほど――え」

一瞬、冗談かと思ったものの九條は真顔のままだ。それに、こういうたちの悪い冗談を言うひとではないだろう。

「でも――」

戸惑っているうちにもタクシーのドアが閉まる。動き始めたタクシー内で窓越しに九條を見つめる馨の頭の中で、たったいま告げられた衝撃的な一言が何度もくり返された。

てっきり女性だとばかり思い込んでいたのに、九條をつけ回しているのは男だというのか。

その可能性を考えていなかったため、馨が目を配っていたのは女性のみだった。

馨自身、この美貌のせいで何度か男に告白された経験があるし、なかには危ない奴もいた。九條の心情がわかるだけに同情を禁じ得ない。

が、やはり意外と言わざるを得ない。

ゲイと聞くとどうしてもマイナスなイメージが湧《わ》く。実際マイノリティだし、友人や職場に公言しているひとなどごくわずかにちがいなかった。

そういう後ろ暗さのようなものが九條には不似合いなのだ。常に明るく輝かしい道を歩いているような、そんなイメージが九條にはある。実際、経歴を見る限り挫折など味わっていないだろうと察せられる。

「まあ、相手がそうだってだけだし、本人も困ってるよな」

買ってもらったばかりのスニーカーに目を落とす。あとは帰るだけなのに、よほど馨がつらそうに見えたのかもしれない。

「なんていうか、笑い方が優しいんだよな」

九條を思い出し、ぽつりとこぼす。

あんな調子では、よけいなストーカーを引き寄せるのもしようがない。仕事相手の馨にすら気遣いを見せ、やわらかな笑みを向けてくるのだ。

九條本人は無自覚であっても――いや、無自覚だからこそたちが悪いとも言える。

九條自身は、面白みがなくて愛想を尽かされると言っていたが、おそらくそう思っているのは本人だけで事実は異なるだろう。

九條のことを考えているうちに、事務所に帰りついた。領収書を切ってもらってタクシーを降りると、二階を目指して階段を上がる。スニーカーなので、行きとは打って変わって足音も軽快だ。

携帯で確認すると、時刻は午後九時ちょっと前だった。

「ただいま帰りました」

普通の会社ならほとんどの社員は帰宅済みのはずなのに、事務所内の人口密度は出ていったときより上がっていた。

所長と犀川、町田以外に男が三人。計六人の視線が、一斉にこちらへ向けられた。

「嘘。マジで可愛い」

と、声を上げたのは二十代半ばの、見るからにナンパな男だ。茶髪で色黒、趣味の悪い柄シャツを身に着け、ひとり浮きまくっている。

「いやはや驚きですね」

と、白髪頭の紳士がため息をこぼす。もうひとりの地味な青年はじっと見てくるだけでなにも言ってこなかったが、みな馨が男だという事実に驚いているらしかった。

「ここまで上玉だったら、男でもいいわ」

茶髪を掻き上げながら近づいてきたナンパ男に、自然に眉根《まゆね》が寄る。いままで九條と会っていたせいか、軽薄な態度には嫌悪感しかなかった。

「こっちが全力でお断りです」

ぴしゃりと拒否すると同時に、被っていたウィッグを摑み取る。チャラチャラしやがってという心の声が態度に表れたのか、ナンパ男が苦笑した。

「うわ〜、可愛い顔してきついな。いま俺、激減したギャル男《お》の友だち役やってるからこんな格好してるけど、普段はちがうのよ」

言い訳されようと興味ないことには変わりない。一応先輩になるので会釈だけ返すと、一刻も早くワンピースを脱ぐために剣崎のデスクへ歩み寄った。

「食事してきました——けど、ストーカーって男だったんですね」

そうならそうと最初に伝えておいてほしかったと、言外に剣崎を責める。

剣崎は、それがどうしたと言わんばかりに咥《くわ》えていた煙草《たばこ》を上下に揺らした。

「最近は男だからって油断できないな。葉山くんも気をつけたほうがいいぞ」

「気をつけたほうがいいって、安易に考えすぎじゃないでしょうか。俺も経験ありますけど、男に迫られると本気で怖いですから」

過去のあれこれを思い出して進言した馨に、チャラ男が横から口を挟んでくる。

「おや。俺への態度とは大違いだ。もしかして馨ちゃん、依頼主に気があるとか？　うちは客との恋愛は御法度《ごはっと》だよ」

仕事でチャラ男を演じているという話だったが、もともと軽いのだろう。自身の口にした言葉に腹を抱えて笑う姿は癇《かん》に障《さわ》ったが、むきになればチャラ男を喜ばせるのは目に見えているのであえて無視し、剣崎に詰め寄った。

剣崎はあくまでのんきな様子で顎を撫でる。

「大丈夫じゃないか？　知り合いだからこそ、九條さんも、自分に恋人がいると信じたらあきらめるだろうって言ってたんだし。ああ、それに、ああ見えてあのひと、学生時代空手やってたらしいぞ」

「しかし――」

反論しかけ、馨は口を閉じる。本人が納得して依頼してきているのだから、新参者の自分が異を唱えるべきではない、そう思ったのだ。

「とりあえず今日はご苦労さん。ああ、そういや、うちの紅一点、相良が悔しがってたぞ。自分が恋人になるはずだったのに、新人に取られたってさ」

相良というのは、きっと虫垂炎で入院した所員のことにちがいない。九條の恋人役を逃して残念に思うのは、女性なら当然だろう。恋愛は御法度でも、仕事の名目でデートを愉しんで、あわよくば本物の恋人に、と考えたとしてもなんら不思議ではなかった。

「なら、俺が男でよかったんですね」

一礼をして、デスクから離れる。

「あら」

すると、町田が馨の足に気づいた。

「そのスニーカー、どうしたの？」

「充……九條さんが買ってくださいました。俺がパンプスに慣れてないのを気の毒に思ってくれたみたいです」

事実を話したにすぎなかったが、その場にいた全員が一度に反応する。意外そうだったり、大げさに驚いてみたりするなか、町田は両目を剝《む》いた。

「早速うまく取り入ったってわけね。厭々《いやいや》女装してるって態度だったのに、案外したたかなのねえ」

言いがかりにもほどがある。仕事でやったことなのに、したたかと言われたのでは割に合わない。

「あんまりです。俺はやるべきことをやっただけですから」

すぐさま言い返した馨は、なにか引っかかりを感じて首を傾げる。いったいなんだろう。考えてみても、なにがおかしいのか判然としない。

「そうだぞ、町田。葉山くんに失礼じゃないか。即戦力になるホープなんだから、いくら若くて可愛いからって嫉妬《しっと》はいかん」

剣崎の助け船に普通なら同意するところだが、意識が他にいっているため無言で聞き流す。顔をしかめて考え込んだ馨の前で、

「なんで私がこんな子どもに嫉妬しなきゃいけないのよ！」

町田が声高に否定した。

「あ」

そのとき、なにに引っかかったのかようやく気づいた。

いくら可愛くても男の自分に対して「嫉妬」するという言い方はおかしい。それに、さっき剣崎は相良のことを「紅一点」と話していた。

「あの、ちょっといいでしょうか」

右手を上げて許可を待つ。

「どうぞ」

剣崎に促され、疑問を晴らすべく口を開いた。

「紅一点じゃなくて、二点ですよね。虫垂炎で入院された相良さんと、それから」

町田に視線をやる。多少嫌みっぽいところはあるものの美人でスタイル抜群の町田は、世の女性に嫉妬はされてもする側ではないはずだ。

しんと所内が静まる。かと思えば、いきなり町田以外のみなが大笑いし始めた。剣崎など

吸いさしを持つ手を震わせ、涙まで流して笑い転げているが、いったいなにがおかしいのか馨にはわからない。

「どうしたんですか」

説明を求めると、さんざん笑ってから剣崎が煙草の火を消しながら教えてくれた。

「よく見てみろ。派手な化粧でごまかされているかもしれないが、顔も身体もごついだろ。背丈だってきみよりでかい」

「………………」

剣崎の言葉に従い、町田を凝視《ぎょうし》する。外国人モデル並みのスタイルに、はっきりした目鼻立ちは街を歩けばきっと目立ってしようがないはずだ。少なくとも馨は、町田のような女性にこれまで会ったことがない。

「……え……まさか」

睫毛《まつげ》を瞬かせた馨は、ようやくみなに笑われた理由を悟る。町田は、いまの自分同様女装している男なのだ。

「ぜんぜんわかりませんでした。喋《しゃべ》り方も仕種《しぐさ》も普通に女のひとかと。すごいですね。町田さんも恋人役ですか」

自分の感性はごく一般的、常識的、と思っていても場所が変われば通用しないものだと実感する。KRFの仕事においては、学歴や性別、職歴も通用しない。

「女装は私の生き方なのよ」

胸のパットをぐいと持ち上げながら断言した町田の迫力に圧《お》され、馨は頷くしかなかった。ようするに昨今流行《はや》りのオネエらしいが、もとより偏見はないつもりだ。

「さて、いまさらだがうちの所員を紹介しよう」

デスクを回ってきた剣崎がぽんと手を叩いた。それを合図に、ひとりひとり紹介を受ける。

「犀川と町田には最初に会ったよな。犀川は現役のK大生で、来られるときだけ来てもらってる。そっちのチャラ男が牧瀬《まきせ》で、その紳士は平松《ひらまつ》さんで、隅っこにいる彼が冬馬《とうま》、俺の甥《おい》っ子だ。女性はいま入院している相良ひとりだから、きみが来てくれて本当に助かる」

「それは、今後も女装しろってことでしょうか」

今日は不測の事態であって、毎回となるとやはり抵抗がある。不満をあらわにすると、まあまあと剣崎は苦笑した。

「いつもってわけじゃない。やむにやまれず、ってときだけだ。あ、もちろん九條さんの案件は引き続き頼むぞ」

「そっちは、まあ、しょうがないです」

乗りかかった船だ。馨にしても、途中で降りようとは思わない。九條に付き纏《まと》っている男がどんな奴なのか知らないが、馨自身、結末を見届けたかった。

「では、葉山馨くん。きみを正式に我が社へ迎え入れましょう」

剣崎が声高に宣言した。

「葉山馨、二十三歳です。よろしくお願いします」

緊張しつつ腰を折った馨に、みなから口々に声がかかる。

「頑張れ」

「期待してるよ」

「よ、ホープ」

レンタルファミリーというのは馨には未知の世界だ。しかし、ＫＲＦは馨がこれまで勤めていた堅実な文具メーカーと比べるとかなり適当――もとへ自由な会社らしいので、心機一転、再出発にはちょうどいいような気がしてくる。

「よし。いまから葉山くんの歓迎会するぞ。向かいの居酒屋に移動だ」

剣崎の音頭《おんど》で、早速事務所をあとにする。馨が着替えをすませたときにはすでに所内には誰もいなくなっていて、初日から事務所の電気を消し、鍵を閉める役割を担うはめになった。

「大丈夫か、この会社」

いや、腹を括《くく》った以上、今日から自分もＫＲＦの一員だ。ここに馴染み、骨を埋めるつもりで精一杯努力しよう。

ぐっと両のこぶしを握った馨は、背筋を伸ばす。

この日は、馨にとって間違いなく人生の大きな転機だった。

2

縁側に座り、ソフトクリームやマシュマロの浮かぶ空をぼんやりと眺《なが》める。これほどゆったりした気分で茶をすするなど、初めてかもしれない。少なくとも就職してからは、仕事と日々の生活に追われ、息つく間もなかった。

「おまえ、仕事はどうじゃ。うまくやれておるか？」

隣に腰掛けた老人が、同じく空を見上げたまま声をかけてくる。

「まだ慣れないけど、自由な職場だからある意味楽かも」

「そりゃなによりじゃなあ」

「うん。なにより。あれ、祖父《じい》ちゃん、茶柱が立ってる」

ほら、と湯呑《ゆの》みを差し出すと、覗《のぞ》いた老人が相好を崩した。

「きっといいことがあろうて」

ＫＲＦに就職して二日目。

本日の馨の仕事は、ひとり暮らしの老人の孫役だ。娘家族と離れて住んでいるため一年に一、二度しか会えないとのことで、話し相手が欲しいと老人が依頼してきた。どうせなら孫はどうですか、という剣崎の提案に老人はいたく喜んだと聞いている。

「なんか、眠くなってきた」

降り注ぐお日様のおかげで身体《からだ》じゅうぽかぽかだ。となると睡魔に襲われ、自然に瞼《まぶた》が落ちていく。

「寝りゃあいい。どれ、掛布団《かけぶとん》でも持ってこようかのう」

老人が、どっこらしょと腰を上げる。奥の部屋へ向かい、掛布団を手にして戻ってきた老人に、馨はへらりと笑いかけた。

「ありがと。祖父ちゃんも一緒に包《くる》まろう」

さっきと同じように並んで腰掛け、ふたり一緒に掛布団を肩から羽織《はお》る。そうするといよいよ本格的に眠くなり、我慢できずに馨は目を閉じた。

三十分ほどたった頃、耳に届いた電話の着信音で目が覚めた。

「おや。誰じゃろうか」

掛布団を抜け出し、老人が箪笥《たんす》の上の受話器を取る。その姿を尻目に、馨は思いのほかいい気分で背伸びをした。

「おお、そうかそうか。そりゃあよかった。わかっとる。ちゃんと送るよ」

蕩《とろ》けそうな笑顔から、相手は娘か孫だろうと察せられる。孫役をして一瞬和《なご》ませることはできても、本物にはやっぱり敵《かな》わない。

久しぶりに実家に電話でもかけてみるか。そんなことを考えたとき、ジーンズのポケットでスマートフォンが震えだした。

かけてきたのは剣崎だ。大方失敗でもしていないかチェックするためにちがいない。

「はい。滞りなくやってますよ」

先回りして告げたが、剣崎の用件は馨のチェックではなかった。

『滞ってるとは思ってない。葉山くん、そこの仕事あと十分で終わりだろ？　そのあと九條さんの仕事が入ったから、そのつもりで頼む』

「え……九條さんの？」

女装しなければならないので、剣崎としては気を利かせて連絡してきたのだろうが、十分意外だった。九條の恋人役は毎週土曜日と決まっているはずなのに、昨日の今日で不測の事態でも起こったのか。

「なにか、ありましたか」

馨の問いに、さあと剣崎がのんきな声を聞かせた。

『今日もお願いしたいとだけで、特になにも言ってなかったぞ。案外、葉山くんが気に入ったんじゃないのかな』

牧瀬と同じノリの台詞を口にされ、顔をしかめる。不謹慎にもほどがある。ストーカー被害を受けている真っ最中の男が仕事相手を気に入ったという理由で予定を変更するなど、生真面目な九條に限って考えにくい。

『ま、そういうことだから、そっちが終わったらすぐ帰ってきてくれ』

その一言を最後に話を終える。スマートフォンをまたポケットに押し込んだ馨は、こちらも電話を終えたばかりの老人に向き直った。

「祖父ちゃん、なにかいいことあった？」

水を向けると、彼はいっそうにこにことした。

「一番下の孫が、英検の三級に受かったんじゃと。おお、こうしちゃいられん。祝金を送らねばならんな」

老人は箪笥の抽斗《ひきだし》を開け、現金書留の封筒を取り出す。これまで何度も送ってきたのだろうと窺《うかが》わせる、一言だ。

嬉々《きき》として現金を封筒に入れる様子を前にして、複雑な心境になった馨だが、もとより口を挟むつもりはない。各家庭、それぞれ事情があるのは当然だった。

「ああ、祖父ちゃん。さっきスーパーで買ってきたものだけど、メモして冷蔵庫の扉に貼っておいたから」

「すまんね」

一応馨の言葉に返答してくれるものの、気もそぞろなのは明白だ。腕時計で時刻を確認すると、まだ二分ほど早いが切り上げることにする。

「じゃあ、また来るね」

暇《いとま》を告げても、心ここにあらずの様子で老人は別れの挨拶を口にする。

こういう姿を娘や孫は見たことがあるのだろうか。なんだか切ない気持ちになりつつ、老人宅をあとにした。

剣崎に言われたとおりまっすぐ事務所に戻ったとき、すでに町田が手ぐすねを引いて待っていた。

「お休みの日に彼の部屋を訪ねる、家庭的な彼女バージョンでいくわよ」

鼻息も荒くシャツの腕を捲る町田に頬が引き攣る。気合いを入れられて困るのは、馨自身だ。

「俺、家事下手です」

耳に入っているのかいないのか、町田は馨の言葉を無視して、胸元にスパンコールのあしらわれた春物のセーターと白いパンツを身に着けるよう指示してくる。

「いただいたものをちゃんと身に着けて行く。これ、基本だから」

その言葉とともに床に置かれたのは、昨日九條が買ってくれたスニーカーだった。

今日はパンプスを履かなくていいというだけでほっとし、衣服を着替えた馨は、昨日同様まな板の鯉《こい》になる。

メイクをされ、ウィッグを被って出来上がりだ。

「いや～。昨日見てわかっていても、やっぱりびっくりするな」

デスクに頬杖《ほおづえ》をついた剣崎の賛辞に、腹の中でそりゃそうだと答えた。

もともとの地がいいのだから、メイクすれば女優やモデル並みになるに決まっている。ストーカーも、自分みたいな可愛い彼女がいるとわかったら、きっとすぐにあきらめがつくだろう。

「九條さんの部屋まで、どなたに送ってもらえばいいですか」

昨日はホテルの近くまで犀川の車で行ったが、事務所に残っているのは剣崎と町田、そして剣崎の甥である冬馬だけだ。なにをやっているのか、デスクについてパソコンを睨《にら》んでいる冬馬とは、昨日も今日もいっさい口をきいていなかった。というより、冬馬は誰とも話をしない。

できれば冬馬じゃないほうがいいなと思っていると、剣崎から予想外の答えが返った。

「電車だ」

「電車って……なんでですか」

昨日は現地まで車で連れていってくれたのだから、今回もそうしてほしい。いくら似合っていようと女装で電車に乗るなんて、考えただけでぞっとする。

「おまえな、どこの世界に彼氏の部屋へ行くのに他の男に送ってもらう奴がいるよ。昨日は初日で、ホテルだったが、今日から葉山くんは、彼氏に会いに行く普通の女の子だ」

「………」

女の子じゃねえ。

喉まで出かけた言葉を呑み込む。剣崎の言うとおりいまの自分は九條の彼女だし、普通に考えればマンションの前がもっともストーカーがいる可能性が高い。

これは一種のチャレンジだと思えばいい。ばれない自信はあるものの、本当に誰にも自分が男だと気づかれないか、試してみるいい機会だと。

なんのために？　という疑問はこの際無視して、わかりましたと馨は頷いた。

「では、行ってきます」

事務所を出て、徒歩で駅に向かう。周囲の視線が自分に集まっているような気がして、緊張で手のひらがびっしょり濡《ぬ》れた。

十数分ほどで電車を降りると、剣崎から連絡があったのか、改札の前で九條が待っていた。

「急に悪かったね」

本当だよ、と言ってやりたい。女装で電車に乗らなければならなかった馨の身にもなってほしいと。

もちろん自分が男であるのは秘密なので言えるはずはないが、問題なく辿《たど》り着けたことに胸を撫で下ろし、馨は緊張を解いた。

「大丈夫」

九條に笑いかける。

スーツ姿であっても私服であっても九條の印象は変わらない。格好よくて誠実そうで、凛《りん》として見える。男の自分が見惚れるくらいなので、女性たちは言わずもがなだ。しかも、九條本人がそれを意識していなさそうなところが——ポイントが高い。

言うなれば、自分と真逆のタイプだ。

馨の場合は、自分の見た目が普通より数段いいと自覚があるので、他人の視線には敏感だ。どう見えているか、なんと思われているかに、常にアンテナを張ってきた。おかげでたいがいの厄介事《やっかいごと》はにっこり笑えばなんとかなってきたし、文具メーカーの営業時代も、腹の中でいくら悪態をついていようと笑顔で乗り切った。

今回の女装についても同じだ。

せっかくの美貌、利用しなければもったいない。

「身体があいてたから」

ここは会えて私も嬉《うれ》しい、くらいの台詞を言っておくべきだったと、舌打ちをする。駅の構内には大勢の人間が行き来していて、もしかしたらどこかでストーカーが自分たちを窺っているかもしれないのだ。

「ここから十分ほどのところだ」

九條が先に立って歩きだし、半歩遅れて馨も続く。

「あ。昨日のお礼にケーキ買ってきたから、食べよう」

電車に乗る前に買ったケーキの入った紙袋を掲げた馨に、九條がほほ笑んだ。

「いいな。ありがとう」

たった一言にも好青年ぶりが表れている。こういうとき馨だったら、「マジで？　やった」と返しているところだ。

駅を出るなりさりげなく車道側に回った九條の隣を歩きつつ、もし自分が女だったら惚れるな、と思う。

しかし、幸か不幸か自分は男だ。

「スニーカー、履いてきてくれたんだね」

九條の視線が足元に落ちる。

「もちろん。パンプスよりずっと気に入ってるし」

「それは、よかった」

話をしているうちに、九條の言ったとおり十分ほどでマンションに着く。前面はすべてガラス張りで、外からでも広々とした玄関ホールが見て取れた。

「立派なマンション。いったい家賃いくらくらいだろ？」

さすがエリートだ。やはり高給取りなのだなと、妙に納得してしまう。昨日は確実にあった嫉妬ですら、もはやどうでもよくなってきた。こうまでランクがちがうと、比べること自体ばからしい。

「1LDKだから、そこまで高くないよ。会社に近くて便利なんだ」

オートロックを解除し、エントランスへ入る。エレベーターで六階に上がり、六〇五号室のドアの鍵を九條は開けた。

「お邪魔します」

1LDKにしては広い玄関だ。馨の部屋も同じ1LDKだが、半分程度の面積しかない。室内も推して知るべしだが――短い廊下を進み、リビングダイニングのドアを開けてすぐ自分の想像の正しさを知った。

「当然だよな」

ぼそりと呟いた馨は、紙袋をふたり用のダイニングテーブルに置いた。

休日には料理をすると聞いていたとおり、キッチンは使われているようだ。コンロの上にフライパンがあり、奥には調味料が揃《そろ》っている。

キッチンカウンターの上に電子レンジとポットが並んで置かれている以外、あるのはテレビくらいで、整理整頓の行き届いた部屋だ。

引き戸の向こうが書斎兼寝室だろう。

自分の乱雑な部屋とはちがい、やや殺風景なところも九條らしいと思った。

「素敵な部屋だね」

馨の言葉に、キッチンに立って湯を沸かし始めた九條が肩をすくめた。

「簡素だって言ってくれていいよ」

「じゃあ、簡素」

言っていいと許可が出たので正直に口にすると、九條が振り返った。コンロから離れ、こちらに歩み寄ってくるが早いか馨の前に立ち、真顔で見つめてきた。

数センチ上から見下ろされ、腰が引ける。正直に言ったから気分を害したのだろうか。それとも、他になにか理由があるのか。

「充成、さん？」

九條に愛想笑いを向ける。けれど、九條は馨をじっと見つめたまま、にこりともしない。

「あ……えっと、お湯が、沸きそう」

なんとか雰囲気を変えたくてコンロを指差した。

間近で見れば端整な顔立ちには妙な迫力があり、知《し》らず識《し》らずじりっと後退《あとずさ》りした。

「馨さん」

真摯《しんし》な声で名前を呼ばれ、馨は息を呑んで身を硬くした。九條が馨の腰に腕を回し、逃げられないようにと自分に引き寄せたせいだ。

「ま、待……っ」

まずい。やはり九條も俺の可愛さにやられたか。学生時代、男にキスされた記憶がよみがえり、心臓がどっと大きく脈打った。

いくら九條が格好よかろうとも、男にキスされるなんてごめんだ。

「無理、だからっ。キスなんてしない。そういうの望んでるなら、他を当たってくれ！」

依頼主に手を上げるなど社会人としては最低だろうが、このままキスされることを考えれば背に腹はかえられない。九條の目を覚まさせる意味でも、ここは一発殴ったほうがいいのかもしれない。

九條の顔がいっそう近づく。

このままでは本当にキスされてしまう。

「待……っ」

ぐっとこぶしに力を込めた。直後だ。九條はキスもせず、いきなり馨の股間《こかん》を触ってきた。

急展開すぎて、声も出せない。白いパンツの上からぎゅっと握られ、動揺するあまりただ九條を凝視する。

「やっぱりだ」

一方、納得がいったとばかりに頷いた九條はあっさり馨の股間から手を放すと、またコンロの傍へ戻っていった。

いったいいまのはなんなのか。早鐘のように脈打っている心臓に手をやった馨は、九條の背中を茫然と見つめる。

「じつは今日来てくれるようお願いしたのは、昨日の疑問を晴らしたかったからなんだ。昨日、きみと別れて部屋に帰ってからも考えていたんだが――すごいな。普通なら、すぐ気づいていいはずなのに」

「……え……っと」

じわりと背筋に汗が滲《にじ》んでくる。股間の一物《いちもつ》を握られたのだから、当然九條には知られてしまったのだろう。

「な、なんのこと、かしら?」

なんとか作り笑顔で乗り切ろうとした馨だが、そううまくはいかなかった。

「馨さん――きみ、男だよね」

「……うっ」

ばれないようにという剣崎の言葉が思い出され、頬が引き攣る。恋人役がじつは男だったなんて、KRFにとっては一大事だ。契約違反で訴えられても文句は言えない。

「なんのことか、馨、よくわかんない」

小首を傾げて空惚《そらとぼ》けようとしたが、これも失敗する。九條の表情を見れば手遅れなのは明白だ。もはやごまかしようはない。

「す、すみませんっ」

馨は床に正座し、九條に謝罪した。

「これには事情がありまして……じつは、本来別の女性所員が担当するはずだったんですが

「……彼女が虫垂炎で急遽《きゅうきょ》入院することになりまして」

なんの言い訳にもなっていないことくらい、重々承知していた。剣崎の渋い顔が浮かんできて、いっそう身を縮める。

自分の女装は絶対ばれないという過信が招いたことだ。学生時代はさておき、二十三歳になったいまも完璧だと思い込んでいたのは間違いだった。

「本当に申し訳ありません」

低頭平身して詫《わ》びる馨に、九條はいたって普通の態度に見える。というより最初からずっと冷静なので、怒る姿が想像できない。

「謝らなくていい。べつに責めているわけじゃないんだ」

「でも、騙《だま》していたわけですし。あ、騙そうという気はなかったんです……いや、騙そうとしてたんですね。完璧に女装できているつもりでいたんですから……ただ、悪気はなかったので、どうか、このたびのことは穏便に――」

九條に謝る傍《かたわ》ら、保身も考えてつい饒舌《じょうぜつ》になる。やっと再就職先を見つけてほっとしたのに、いまクビになることだけは避けたかった。

「完璧だと思うよ」

九條がそう言った。でも、ばれてしまったいま、なんの慰めにもならない。

「いいんです。さぞ滑稽だったでしょう」

堂々とホテルのレストランまで行った自分が恥ずかしくなる。もしかしたら周囲に笑われていたかも……と思うと、頬が赤らんだ。穴があったら入りたいとはこのことだ。

「見た目は本当にわからない。じつはいまでも半信半疑なくらいだ。でも、やっぱり話し方や仕種がちがうんだ。馨さん、案外大雑把《おおざっぱ》だろう？」

九條の視線が自分の大腿《だいたい》に注がれ、馨も目を落とす。

「あ、やべ」

両手をついた大腿は大きく開かれている。これでは気づかれるのも当然で、がくりと肩を落とした。

見た目が可愛くて、女言葉を使えば大丈夫だと高《たか》を括っていたのが間違いだった。いずれにしても自分の心構えがなっていなかったということだ。

「すぐに代わりの者を、と言いたいところですが、さっきもお話ししましたとおり当社の女性所員が入院していまして」

どうしたらいいのか、代案がまるで浮かばない。ここはいっそ町田に来てもらったほうがいいような気もしてくる。

「きみでいい」

だが、返ってきたのは予想外の一言だった。怒られる覚悟をしていたのに、九條はやはりいつもどおりで、その顔には微笑すら浮かんでいた。

「きみで問題ない。というより、僕もきみがいい。改めてお願いするよ」

「……充成さん」

なんという懐《ふところ》の深さだろう。保身に走った自分が情けなかった。

「ありがとうございます。よろしくお願いします」

安心して肩から力が抜け、正座を解く。

「あ、お詫びに俺がコーヒー淹《い》れる。充成さんは座ってて」

立ち上がった馨は早速キッチンに立ち、九條に代わって湯を沸かした。

「お願いしようか」

ダイニングチェアに腰掛けた九條に横目に、粉をちゃんと蒸らしてから湯を注いでいき、謝罪の気持ちを込めてふたり分のコーヒーを準備する。

コーヒーとケーキを挟んで、ダイニングテーブルで向かい合った。もうごまかす必要はなかったので、ボックスティッシュに手を伸ばし、二、三枚引き抜いて唇を拭った。これでリップがカップにつかずにすむ。

「そういえば、聞かなかったけど充成さんって甘いもの平気だった？」

自分が食べたかったから買ってきたが、九條もそうだとは限らない。

返答するより先に、馨の前で九條はクリームをたっぷりスプーンですくって口に入れた。

「イメージとちがうと言われるが、じつは甘いものには目がない」

「マジで？」

共通点などないと思っていた九條と、思いがけない共通点があった。男らしくないと笑われそうで他人の前では取り繕《つくろ》っていたが、馨自身かなりの甘党だ。一気に親近感が湧き、思わず身を乗り出す。

「女子社員に手作りお菓子とかもらったりしてるんじゃないの？」

「たまにもらうな」

「やっぱり。気づいてる？　その子ら、九條さんのこと狙ってるんだよ。菓子作りしちゃう可愛い自分アピール」

「いや、それはないんじゃないかな。もらってるのは僕ひとりじゃない」

謙遜《けんそん》なのか、それとも本気で言っているのか。九條のことだから、本気の可能性が高い。

「だから、それも計算だって。ひとりだけにあげたら、感じ悪いじゃん。女のひとってそういうところ男よりはっきりしてるよ。まあ、男もそういう手を使ってくる奴がいるかもしれないけど」

そこまで言って、自分の失言にはたと気づく。元同僚の男にストーキングされている九條に対して、不用意な発言だった。

「ごめん」

頭を下げた馨に、九條が苦笑いを浮かべる。

「謝らなくていい。僕より若いきみがわかっているのに、僕はまるで気づかなかった」

恋する者は男女関係ない。せっせと自分をアピールして、好きな相手に印象づけようと努力する。

しかし、残念ながら同性同士だと恋が叶《かな》う可能性どころか、相手に気づいてもらえる確率すら低い。もちろん、どんなに同情の余地があろうとストーカーになるなど絶対に許されることではないが。

「そうか。アピールだったか」

なにを思い出しているのか、九條の双眸《そうぼう》が揺れる。九條のことだから、自分の責任だと言い出しかねないと思っていると、案の定の台詞が返ってきた。

「もっと早く僕が気づいて、ちゃんと断っていたらよかったんだな」

「それ、ちがう」

馨は大きくかぶりを振った。

「その言い分が通るなら、密かな片想いをしている人間はみんなストーカーになってもしょうがないって話になる」

当たって砕ける勇気がないならそっと身を退けばいい。惚れた相手を困らせてどうする、とストーカーには言ってやりたい。

「きみは、気持ちいいくらいはっきりしているんだな」

九條の言葉に、はっとする。みんながおまえみたいに単純な思考回路をしていると思うな、と子どもの頃から親に注意されてきたにも拘らず、うっかり自分の考えを押しつけてしまった。

「ごめん。生意気なこと言って」

正論が必ずしも最善なわけじゃない。時と場合による、という忠告も同時に思い出す。

「どうして謝るんだ？　きみは謝る必要はないし、僕はきみの話を聞きたい」

「けど、馴れ馴れしかった。いまはストーカーの目はないのに、充成さんが依頼主だってこと忘れて友だち気分でため口のままっていうのはやっぱりまずい、ですよね」

年下なのに、と付け加える。

しかし、九條が気分を害している様子はまったくなかった。

「構わない。そうしてほしいと希望したのは、僕だ」

きっと年齢差以上に、自分より大人なのだろう。大人だから多少のことは流せるのだ。反して自分は、ちょっとした不満で目くじらを立てている。

「馨さん。よければこのあと、一緒に買い物に行って夕飯を食べないか。リクエストしてくれたら、僕にできる範囲で応える」

「もちろん」

九條の誘いを二つ返事で受ける。これまで馨の周りに九條のようなタイプはいなかったせいか、素直に嬉しかった。

自分のほうこそ九條と一緒にいると愉しい。仕事を置いても友人づき合いしたいと思うほどには九條に対して好意を持っていた。

「じゃあ、買い物に行く？　料理はできないけど、後片づけは俺がするから」

ケーキを食べ終わると、早速ふたりで出かける。できれば女装をやめてしまいたかったけれどそうもいかず、エレベーターで住人と一緒になったときは今度こそばれないようにと細心の注意を払った。

マンションの玄関を出たところで、突然、九條がウィッグに触れてきた。

「なに？」

毛先を指で梳《す》くようにされ、戸惑う。九條は構わず、顔を近づけてきた。

「笑って」

耳元で囁《ささや》かれ、ようやく事態を悟る。いよいよストーカーが現れたらしい。

「いるんだ？」

小声で問うと、九條の顎が微かに上下に動く。よし、と腹の中で気合を入れた馨は、精一杯の演技力を駆使して、九條に笑いかけた。

ついでに、胸に手を添えるオプションもつける。いま頃ストーカーは地団太《じだんだ》を踏んでいることだろう。

可哀想《かわいそう》だが、しようがない。ストーカー行為は立派な犯罪で、穏便にすませようとしている九條に感謝すべきなのだ。

ストーカーをあきらめさせるためにもっと思い知らせてやろう。

馨はよろけたふりをして、九條にしなだれかかった。

一瞬、九條の躊躇《ためら》いが伝わってきたが、すぐに肩に腕を回され、そのままぐいと力強く引き寄せられる。女だったら確実にときめいていたけれど、自分は男なので、鼓動《こどう》が速くなるのはもちろんストーカーのせいだった。

「どこ?」

密着した体勢で、それとなく周囲に目を配る。

「道路を隔てたところだ。ちょうどきみの左後ろ」

振り向くわけにはいかないので左後ろへ全意識を集中させ、さんざん仲のよさを見せつけたあと、離れるときに一瞬だけそちらに視線を向けた。

電柱の傍に黒っぽい服装をした男が立っているのを目視する。何事もなかったかの様相で歩き始めた九條に倣《なら》い、歩きだしてから口を開いた。

「彼が、ストーカー?」

特徴のない、普通の男だった。中肉中背で、次に見かけても気づけるかどうかわからないほど、どこにでもいるタイプだ。

「話がしたいと何度も連絡が来る。僕としては、すでに断っているからこれ以上話をしても意味がないと答えるしかない」

「それでいいと思う」

断られてなお、うちまで押しかけてくるとはなんてしつこい奴だ。同性相手に、しかも顔見知りにストーキングするなど正気の沙汰《さた》とは思えない。そんな奴に同情は無用だ。

「けど、いまのはかなり効いたんじゃないかな」

見せつけてやったという達成感と、妙な昂揚感《こうようかん》に駆られながらスーパーを目指す。

「いまのであきらめてくれるといいんだが」

元同僚らしいので、九條自身は心情的にいろいろあるのだろう。だが、元同僚がどこまで思いつめているか、外から察するのは難しい。

「ひとつ心配なのは、極端な行動に走るんじゃないかってことだけど」

悲劇的な結末を迎えるケースがニュースでたびたび報じられているため、万が一を考えるとぞっとする。

「大丈夫だ。ひとを傷つけるような人間じゃないから」

九條がそう言うなら、否定するつもりはなかった。依頼人の希望に沿うだけだ。

肩越しに背後をチェックする。馨の存在にショックを受けたのか、ストーカーの姿はなかった。これで本当にあきらめてくれたのならいいが。

「すき焼きが食べたい」

話題を変えがてら、今夜のメニューをリクエストする。

「いいね」

九條が同意した。

すき焼きのことを考えた途端、さっきまでの緊張感はどこへいってしまったのか腹の虫が鳴き始める。自然に歩く速度が上がり、しまいには九條を急かして苦笑される始末だった。

手早く買い物をすませて帰宅すると、キッチンに立った九條の邪魔にならない程度に手伝った。

一緒に食卓を囲むと親密になるというのは、なにも男女の間だけではない。同じ鍋《なべ》をつつきながら、学生時代の話や他愛のない世間話をしているうちに以前から友人同士だったような気がしてくる。

「空手？　そういや、所長から聞いたな。俺は小学校から高校までずっとバスケ部。大学のときもサークルでちょっとやってたけど、宴会《えんかい》ばっかりになったから参加したりしなかったりになったな」

もともと酒に強くないせいで缶ビール一本飲み終わる頃にはほろ酔い加減で、よけいに饒舌になった。

「そういや、充成さんって酒で失敗したことある？」

否定が返るのを予想して問うと、まさにそのとおりの返答があった。

「ないな。失敗するほど飲まない」

「やっぱりか。俺は断れなかったり、その場のノリだったりでつい飲み過ぎて記憶飛ばしたことが何度かある。そのたびに二度と飲むかって思っちゃうんだよな」

一番大きな失敗は、当時住んでいた学生アパートの階段の途中で寝てしまったことだ。朝になって、通りすがりの女性が死体と勘違いして警察を呼び、大変な騒ぎになった。

「それは――すごい経験だな。若気の至りで大目に見てもらえるうちでよかった」

くすりと笑った九條に、本当にと頷く。さすがに社会人になって同じ失敗をしたら洒落にならない。

「いまだ母親は電話してくるたびにそのことを持ち出してくるし」

ため息をついた馨に、九條が目を細めた。

「家族と仲がいいんだね」

「仲がいいっていうか、普通じゃないかな。ただ、母親は結構うるさい。頻繁に連絡してくる」

「羨《うらや》ましいな。僕は父子家庭だったから」

きっと話の流れで「羨ましい」と言われたのだろうが、九條のことを勝手に裕福な家でなんの苦労もなく育った坊《ぼっ》ちゃんのような印象を抱いていた馨にとっては十分驚くべき事実だった。

「そっか」

離婚したのか、それとも不幸があったのか聞くのが憚られ、なぜか突拍子《とっぴょうし》もない提案をしてしまっていた。

「あ。だったら、俺が九條さんに電話しようか？」

九條が目を見開く。その表情を前にして、ようやく自分の発言のおかしさに気づいた。

「なに言ってるんだろ、俺。親の話なのに。ばっかみたい」

笑ってはぐらかそうとした馨に、九條が首を横に振った。

「ばかみたいじゃない。きみさえよければ、ぜひそうしてほしい」

結果的に九條に気を遣わせるはめになり、アルコールで熱くなっていた頬がよけいに熱を持った。

「ほんと、いまのはノリだから」

できればなかったことにしてほしかったのに、結局、九條の押しに負けてプライベートの連絡先を交換することになる。いや、押しという言い方は間違いだろう、そもそも言いだしたのは自分で、九條は合わせてくれたのだから。

ひとつはっきりしているのは、これで剣崎への隠し事が増えたということだ。

男だと九條にばれた件。そして、プライベートの連絡先を交換した件。どちらも剣崎に知られたら、馨の立場は悪くなる。

「え……っと、できれば、うちのひとたちには言わないでほしいんだけど」

両方について頼む。

「言わないよ」

そのへんは九條も心得ているのだろう、快諾してくれた。

いいひとだ。しかも、料理の腕前もなかなかで、九條の作ったすき焼きは母親のものより
うまいときている。

「俺の初仕事が九條さんでよかった」

本心からそう言うと、九條はやわらかな笑みを浮かべた。

「僕もそう思うよ」

なによりの一言に馨も頬を緩め、ふたたび他愛のない話をしながら絶品のすき焼きに舌《した》
鼓《づつみ》を打った。

3

土曜日は九條の恋人役をこなしている馨だが、平日はもちろん他の仕事をしなければならない。レンタルファミリーなんて、他人の寂しさにつけ込む際どい商売ではないのかと先入観を持っていたのは最初だけで、実際は体力面でも精神面でもハードな仕事だった。

特に精神面では気を遣う。依頼主に満足してもらうためには少しも手を抜けなかった。

「本当に章《しょう》ちゃんは昔から面倒見がよかったよな。俺が苛《いじ》められて帰ったときなんて泣き止むまで傍にいてくれて、そのあと、苛めた奴らを懲《こ》らしめてくれたもんなあ。懐かしい」

新婦の親族と意気投合したそのノリで、新郎を褒める。もちろんあくまで自然に、さりげなくだ。

今日の馨は、ホテルの大広間で催されている結婚披露宴《ひろうえん》に出席している。新郎を兄のように慕っている従弟《いとこ》役だ。

この美貌のせいで新郎新婦より目立ってしまうのは必至なので、ダサい眼鏡《めがね》をかけ、野暮ったいスーツを身に着けるよう命じられた。新郎になにかと助けてもらってきた従弟という役には、これくらいがちょうどいいらしい。

「おまえ、昔から章吾《しょうご》の金魚のふんだったもんな」

隣で牧瀬が笑った。今日の牧瀬は茶髪でもチャラ男でもなく、新郎の幼馴染という設定だ。

「あいつ兄貴肌《あにきはだ》だから、困ってる奴を見ると放っておけないんだよな。それで何度損しても、やっぱり面倒見てさ。まあ、おかげで俺も助かったけど。昔、章吾の祖父さんの大事な壺《つぼ》壊したの、じつは俺なんだよ」

「わ、マジで？　初めて知った。章ちゃんが自分がやったって言って祖父ちゃんに大目玉食らってたのに」

なぜ偽の親族を仕込まなければならなかったのか。じつは依頼人は新郎ではなく、新婦だ。いまひとつ親族の受けが悪い新郎の株を上げたいと、可愛らしい依頼内容に新郎はもとより剣崎もいたく感動していた。

馨からすれば、そんなうるさい親族など放っておけ、と言いたいところだが、それぞれ事情があるだろうことも理解できる。

ならば自分にできることをやる、それだけだ。

「ほんと、損な性分だねえ」

それとなく新婦側の親戚連中の反応を窺う。表情から察するに、まずまずのようだ。もう一押ししたいところだが、褒めちぎって疑われてもまずい。

どうしようと牧瀬にアイコンタクトを送ると、どうやら同じ考えのようで、くいと前方へ顎をしゃくった。

「章吾に酌《しゃく》でもしてくるか」

「そうだね」

会釈をして、新婦の親族席から離れる。上座《かみざ》へ向かいつつ、小声でこのあとの算段を牧瀬と打ち合わせする。

「もう一押ししておくか。馨ちゃん、泣き芸できる？」

ふと、牧瀬が聞いてきた。

「泣き芸、ですか。まあ、やれと言われれば」

そう返答した馨に、口早な指示が出される。

「一発、酔ったふりで新郎に絡んどこう。寂しい、お嫁さんもらっても一緒に遊んでってさ」

「えー、厭ですよ。成人した従弟がそんなことしたら、みんなドン引きですって」

「だからいいんだろ。駄目な子からあんなに頼りにされてる章ちゃんってさ」

反論する間もなく高砂《たかさご》に到着する。しようがない。こうなったら腹を括って道化になるしかない。

「章ちゃん！」

ビール瓶片手に新郎に詰め寄り、駄目な従弟に徹する。

「章ちゃんが結婚したら……俺、めちゃくちゃ寂しい……こんろ、から誰が俺を遊びに連れてってくれるんらよぉ」

顔を歪め、洟《はな》をすする。

目を白黒させる新郎の横で、新婦が苦笑した。

「大丈夫よ。結婚したって、一緒に遊びにいけるんだから」

さすが肝《きも》が据《す》わっている。アドリブについてこられない新郎に反して、新婦は堂々たるものだ。

「本当に？」

ぐすぐすと鼻を鳴らしつつ問うと、もちろんよと新婦が晴れやかな笑みを浮かべた。

「よかったぁ」

ここで牧瀬が割り込んでくる。

「この酔っ払いが。章吾が困るだろうが。一回顔でも洗え」

呆《あき》れを含んだため息をこぼすと、新郎新婦に謝罪してから馨の腕を取り、会場の外へ連れ出す。

「章ちゃん、おめでとう！　おめでとう！」

最後の締めに叫びながらよろよろとした足取りで牧瀬についていった馨は、トイレに入ってやっと肩の力を抜いた。

「あの雰囲気、すっごい疲れます」

本音を漏《も》らした馨に、牧瀬が肩をすくめる。

「同感。結婚披露宴とか、羞恥《しゅうち》プレイでしかないよなあ。今夜から子作りに励みますって宣言してるようなもんだ」

「いや、そういう意味じゃないんで」

チャラ男ではないものの、ホストみたいに見える牧瀬の発言にいっそう疲れが増す。上司から友人、親族、いろいろな立場の人間が一堂に会し、初対面にも拘らず親しく語り合うことを強要される場が、疲れるという意味だったのに。

とはいえ、牧瀬の言いたいこともわかる。そういう目線で見れば、確かにこのうえなく恥ずかしい。

「二次会とか行かなきゃならないんでしたっけ」

「いや、もう十分だろ。馨ちゃんが派手にかましてくれたおかげで、酔っ払いを連れて帰って大義名分ができたし」

「誰がさせたんですか」

あんたのせいでしょと睨んだが、牧瀬は涼しい顔でトイレを出ていく。

「任務完了っと」

さばさばとした様子で終了宣言をされ、馨もあとに従った。

達成感を覚える半面、こうまでしなければいけないのだろうかと疑問が残る。ようは親族を騙したことに変わりない。もし新郎への態度を改めてほしいのなら、嘘などつかず時間をかけて話し合っていけばいいのだ。

今日はうまくいったとしても、結局のところなんの解決にもなっていないのだから。

「納得いかないって顔だな」

駐車場で車に乗り込む際、牧瀬に水を向けられ、べつにと返答を濁す。自分の考えを伝えたところで、牧瀬にあしらわれるのは目に見えている。

特にそれ以上の言葉はなく、車で事務所に戻る。助手席に乗った馨はスマホを取り出し、九條のアドレスを呼び出した。

『ちわ。いま結婚式の帰り。後味悪いっていうか、罪悪感が残るっていうか。俺には――』

続きを打ち込む手を止め読み返してみると、思ったより愚痴《ぐち》っぽい文面になっていて、慌てて消す。代わりに、

『疲れた～。他人の幸せな姿見たって、ぜんぜん愉しくない！』

そう打ち直して送信ボタンを押した。連絡先を交換してからというもの、毎日メールをし合っている。電話も、この五日間で三度もしてしまった。

依頼主と必要以上に親しくしていいかどうか、考えてみるまでもなかったが、ついやってしまう。始まりは羨ましいと言われたからだとしても、いまでは馨のほうが優しい九條に頼っていると自覚があった。

「ところで、あっちはうまくいってる？」

牧瀬の言う「あっち」とは、九條の案件だ。ストーカー対策に関しては、もちろんうまくいっている。男だとばれたことについても所長にも所員にも知られていない。

「順調ですよ。九條さん、いいひとなんで」

「いいひとねえ」

牧瀬の意味深な言い方が引っかかり、運転席へ視線をやる。馨の疑心が伝わったのだろう、牧瀬が口許《くちもと》に揶揄《やゆ》を浮かべた。

「案外、馨ちゃんを落とそうとして優しくしてるのかも」

九條を侮辱する牧瀬に、かっと頭に血が上る。男だとばれていないのを前提に言っているのだとしても、到底聞き流せなかった。

「九條さんはそんなひとじゃありません」

なおも牧瀬は愉しげに続ける。

「や〜、わかんないって。どんなに真面目そうに見えたって男なんてみんなスケベなんだし、可愛い子がいたら狙ってくだろ」

「牧瀬さんと一緒にしないでください！」

強い口調で抗議し、睨みつけても軽い調子を崩さない。牧瀬がどんなにやり手な先輩であろうと、軽薄な言動には馴染めず、ときに苛立《いらだ》ちを覚える。

「喩《たと》え話なんだから、そんなにむきにならなくてもいいだろ。というか、馨ちゃん、そんなに必死になるとかえってあやしいって疑われるよ」

「ばかばかしい」

話にならないと、吐き捨てる。どうして自分が九條に、男に惚れなければならないのだ。自分はただ、九條のことをなにも知らない牧瀬にあれこれ言われたくないだけだ。

変な言いがかりをつけるなと文句をぶつけてやろうと思ったとき、上着のポケットの中でスマホが震えた。九條からの返信だった。わざわざ休憩中にメールをくれたようだ。

『お疲れ様。いろいろあるだろうが、あまり気に病むことはないと思う。少なくとも助かる人間はいるんだから』

文面を読んで、唇を引き結ぶ。愚痴にならないように書き直したはずなのに、九條には謦の不満が伝わってしまったらしい。九條の気遣いが素直に嬉しかった。

『ありがとう。まあ、依頼人が満足してくれたみたいだからよしとするよ。仕事中にごめん』

送信ボタンを押したとき、ふたたび牧瀬が口を開いた。

「九條さんの仕事は燃えてやってるっぽいのに、今日みたいなヤツは気がのらないか」

また言いがかりをつけるつもりなのかとむっとしつつ、胸を張る。

「仕事は仕事です。でも、気がのらないのは当然でしょう。九條さんは本気で困ってるし、状況がちがいます」

「今回の新婦だって、困ってた」

「でも、嘘で新郎を持ち上げてなんになるっていうんですか。そういうの、意味ない」

「意味があるかないかは、依頼人が決めることだろ？」

「そうですけど」

いつまでたっても平行線で交わることのない会話に、はあ、とため息をつく。

顔をしかめた馨に反して、牧瀬はくすりと笑った。

「なんですか」

笑い話をした憶《おぼ》えがないので、すかさず抗議する。

「いや～、馨ちゃん、案外熱血漢なんだなあ」

「茶化さないでください」

ちょうどパーキングに到着したため一時休戦するしかなかったが、これだけはと牧瀬にぶつけた。

「あと、その呼び方、やめてもらえますか」

「えー、可愛いのに」

事務所に戻ると、残っていたのは剣崎と冬馬のふたりだった。

「ただいま帰りました」

気を取り直して入っていった馨だが、このタイミングで話を蒸し返される。

「馨ちゃんが、嘘つかなきゃならないような仕事が厭だって」

まさか剣崎にちくられるとは思わず牧瀬を睨んだところですでに手遅れだ。剣崎が、右手で馨をデスクへと招いた。

「まあ、葉山くんが不満に思う気持ちはわからないでもない。ようするに、九條さんの恋人役やご老人の孫役と、今回のようなケースはちがうと、そう言いたいんだろう？」

剣崎には多くを説明する必要はなさそうだ。

「その、とおりです」

選《え》り好《ごの》みすべきではないと忠告されるのはわかっている。が、剣崎の返答は、馨が予想していたものとはちがった。

「それが普通じゃないか。好きな仕事もあれば、嫌いな仕事もある。もしおまえがどうしても今回のようなケースが厭だっていうなら、他に回そう」

あっさりそう言った剣崎の意図を測りかね、戸惑う。落ちこぼれ扱いなのかと思えば、それもちがっていた。

「誰でも得意不得意はあるだろ。適材適所ってヤツだ」

とはいえ、すんなりとは喜べない。この仕事をやると決めたのは自分なのに、いまさら文句を垂れるなど情けなかった。

「いいえ、やります。まだ慣れないだけで、頑張ります」

すみませんと頭を下げると、剣崎がくいと唇の片端を上げた。

「おまえなら、そう言うだろうな」

どうやら馨の答えを察していたようだ。のんきに見えても、さすが所長としてみなを引っ張っているだけある。

「葉山くんは、依頼人や相手の感情を考えすぎるんだ。そのうち慣れてくれれば、適切な距離を置いて割り切れるさ」

「――はい」

これでもう文句は言えなくなった。今後不満をもらせば、それはすべて自業自得だ。

早まったかと思いつつ、撤回するつもりもなかったので一礼して剣崎のデスクから離れ、自分の席に戻る。報告書を書いていると、ポケットの中のスマホが震えだした。

相手は九條だった。きっと九條は、さっきのメールのせいで電話をかけてきてくれたのだろう。

椅子《いす》から立ち上がった馨は、トイレへ移動してからスマホを耳にやった。

「お疲れ様。仕事終わったんだ？」

『ああ、たったいま。きみは？』

九條の声を聞くと、肩から力が抜ける。

「もうちょっとかな」

そう答えた馨に、思いがけない言葉が投げかけられた。

『仕事のあと、用事がないなら一緒に夕食でもどう？』

「もちろ――」

承知しかけて、はたと口を噤《つぐ》む。ついさっき剣崎に言われた一言が頭をよぎったのだ。

適切な距離。

プライベートで会うのは「適切な距離」とは言えないだろう。

「あー……っと、ごめん。じつはこのあと行くところがあるから」

たったいま選り好みはすまいと決心したばかりで、九条を特別扱いするのはまずい。行きたい気持ちはあったものの、それでなくても親しみを持って接している部分があるためここは断るしかなかった。

『残念だ。そういえば、土曜日だけじゃなく日曜日もお願いすることにしたんだが、剣崎さんから聞いてる？』

「や、まだです。もしかして、なにかストーカーが行動を起こしたとか？」

この前、九條のマンションの前でストーカーを見た。黒っぽい衣服を身に着けたそいつは、中肉中背で、ごく普通の容姿をした男だった。

ストーカーなんてする男はえてしして思い込みの激しい陰湿な奴にちがいない。そんな人間ではないと九條は言っていたが、なにか突飛な行動に出たとしてもおかしくなかった。

『なにもないよ』

「だったら、どうして」

庇《かば》っているのではないかと疑い、すかさず問い返す。一瞬、言葉を濁した九條だが、

『できるだけ早く解決したくて』

ため息混じりの答えを聞かせた。

「そうか。そうだね。早いほうがいいよな」

一刻も早い解決を望むのは、当然のことだ。

馨は納得する一方、不謹慎だと承知で内心愉しみにも感じていた。

九條との会話は新鮮で、一緒にいると癒《いや》される。社会人になってから、そんな相手はいなかった。

じゃあ、と電話を切った馨はその足で剣崎のデスクへ歩み寄った。

「九條さんから聞いたんですけど、日曜日も受けたんですね」

書類に向かっていた剣崎に確認すると、ああと肯定が返った。

「昨日連絡があった。日曜日も仕事になるから、休みは月火で頼む」

なんの問題もないので、二つ返事で承知した馨に、剣崎がちらりと上目を投げかけてくる。

「依頼人との恋愛は御法度だぞう」

牧瀬じゃあるまいし——またかとうんざりして顔をしかめる。わざと煽《あお》っているとしか思えない。

「早く解決してすっきりしたいって望まれているからですよ」

九條の言葉を伝えた馨に、ペンで耳の上を掻いた剣崎は話は終わったとばかりにまた書類に目を落とした。

どこか意味ありげにも見える態度は気になるものの、とりあえず報告書を書き上げて提出すると、本日の仕事は終了になる。

「お先に失礼します」

後片づけをすませ、事務所を出たあとは帰宅の途についた。途中コンビニに寄った以外まっすぐ自宅へ戻り、先にシャワーを使う。

洗濯機のスイッチを入れてから座布団の上に胡坐《あぐら》を掻き、バラエティ番組を観る傍ら弁当を広げた。

割り箸《わばし》を歯で割り、早速白米を頬張る。焼き肉弁当は好物だが、さすがに毎週三回食べていると飽きてくる。

「……この前のすき焼き、絶品だったなあ」

とろとろに煮つけられた白ネギ、味のしみ込んだ焼き豆腐《やどうふ》。うまみたっぷりのしいたけ。もちろん一番うまかったのは牛肉だ。

生卵をつけて口に入れると、適度にさしの入った牛肉は舌の上で蕩けるようだった。

「また、食いたい」

途端に焼き肉弁当を味気なく感じ始める。比べるほうが間違っているとわかっていても、あの味が忘れられない。

ふと、夕食に誘われていたことを思い出した。変な気を回さないで承知すればよかったといまになって悔やむ。男と知っても怒るどころか寛容な態度で接してくれ、剣崎にも口を噤んでくれている九條と友人になりたいと望むのは、当然のなりゆきだろう。

弁当を食べ終え、割り箸をテーブルに置いた馨はその後もテレビを眺めて過ごす。二十三時近くなって観たい番組もなくなったので、ベッドに転がり、しばらくスマホでゲームをしているうちに睡魔がやってきた。

眠気に身を任せ、意識を手放す。

いつしか夢を見ていた。

女装した自分が立っている。デパートや飲食店のひしめく繁華街だ。女装していることもそうだが、なぜこんな場所にいるのか不思議でたまらないのに、当の自分はなんとも感じていないらしく堂々としたものだ。

周囲を窺っていた自分が、ふと右手を上げた。思い切り手を振ったその先にいるのは——すらりとした好青年だ。彼は馨の名前を呼び、歩み寄ってきながら笑みをこぼす。

——充成さん。

自分も笑いかけ、合流すると足取りも軽くデパートへと入っていった。

「……ぅお」

目を覚ました馨は、たったいま見た夢に少なからず狼狽《うろた》え、大きく胸を喘《あえ》がせた。

「なんだ、いまのは」

いったいどうなっているのか、なぜおかしな夢を見てしまったのか、皆目見当もつかなかった。

「きっと、あれだな。女装なんてしてるから」

ぽりぽりと頭を掻き、上半身を起こす。冷蔵庫から取り出したミネラルウォーターを飲むと、食道と胃を滑っていく冷たい液体のおかげで頭が冷えた。

早急に解決しなければならないのは、自分にとっても同じらしい。これ以上女装に慣れていいことはひとつもないだろう。

「とっととあきらめろ、ストーカーめ」

またベッドに戻ったあとは、なかなか眠れず何度も寝返りを打って過ごした。

土曜日になり、町田の手によって念入りに女装させられた馨は九條のマンションを訪ねていった。先日と同じ洋菓子店のケーキを持参し、マンションの前で存在をアピールしつつそれとなく様子を窺った後、部屋番号を打ち込んだ。

『いま開けるよ』

すぐに九條の声がして、待たされることなく玄関のガラス扉が開く。馨がエントランスに足を踏み入れたとき、ちょうどやってきた若い男があとからするりと中へ入った。

住民だろうか。会釈をして一緒にエレベーターに乗り込む。

「何階ですか」

階数表示盤の前に立った馨が問うと、六階と答えが返ってきた。どうやら同じ階で降りるらしい。

六階で停まり、開ボタンを押して青年を先に促した。彼のあとからエレベーターを降りた馨は、右に曲がって六〇五号室へと足を向けたが――なんと青年の行先も同じ六〇五号室だった。

ストーカー……真っ先にその単語が頭に浮かび、身構え、疑惑の目を向ける。あのときは暗かったせいではっきり見えなかったものの、先日の男とは年齢も背格好も顔もちがう。となれば、九條の知人だろうか。

先方は、胡散《うさん》くさい相手でも見るかのような疑心たっぷりの視線を背後に立つ馨に流してきつつ、インターホンを押した。

「いらっしゃい」

ドアが開き、笑顔の九條が姿を見せる。馨と思っていたから誰何《すいか》せずにドアを開けたようだが、やはり警戒心が薄いと言わざるを得なかった。

現に九條は、自分以外の人間を玄関先に認めて双眸を見開いたのだ。

「やっぱりストーカーか！」

叫ぶが早いか、青年の腕を取る。後ろ手に捻り上げると、青年が悲鳴を上げた。

「なに、するんだっ。い……痛え！」

「黙れ！　ストーカーめ」

なおも締め上げてやろうとしたとき、

「待ってくれ」

九條に止められた。この期《ご》に及んでまだストーカーを気遣うつもりか、と九條が信じられなかったが、そうではなかった。

「馨くん。僕の弟だ」

「…………」

一瞬、なにを言われたのかぴんとこなかった。それほど意外だった。

「え……弟？」

九條と、自分が締め上げている青年に問う。ふたり同時に頷いたのを前にして、ごくりと唾を呑み込んだ。

「す、すみませんっ」

慌てて手を離し、腰を直角に折る。なんてことをしてしまったのか。己《おのれ》の迂闊《うかつ》さに呆れ、何度も謝罪した。

「本当にごめんなさい！　知らなかったとはいえ、弟さんに無体な真似《まね》をするなんて……お詫びのしようもないです」

九條が苦笑を浮かべる。

「そんなに謝らなくていいよ。急に訪ねてきた雅紀《まさき》も悪い」

九條はそう言ってくれるが、弟のほうはそう簡単にはいかない。明らかに不機嫌な顔で舌打ちをした。

「誰だよ、この乱暴な女」

その一言で、自分が女装していたことを思い出す。男だと知られていいものか、九條がどこまで弟に事情を打ち明けるのか判然としない状況では、対応の仕方に迷った。

「葉山馨さんだ。馨さん、こっちは僕の弟の雅紀」

「馨さん」とだけ呼んできた九條の言葉で、説明する気がないのだと悟る。確かに男にストーカーされているなんて、兄弟には知られたくないだろう。

「初めまして。本当にごめんなさいね」

精一杯裏声を駆使し、小首を傾け、科《しな》を作りながら右手を差し出す。握手をして仲直りするつもりだったが、そううまくはいかなかった。

「兄さんとどういう関係？」

弟、雅紀は馨の手を取らず、不信感をあらわにする。いきなり羽交《はが》い絞《じ》めにした自分が悪いとはいえ、あまりの態度にブラコンと心中で呟いた。

「……どういう関係かというと」

ちらりと九條に視線を投げかける。

九條は少しも慌てておらず、いたって普通どおりに見える。

「馨さんは、僕の恋人だ」

そう紹介されるだろうことは予測はしていたはずなのに、はっきり口にされてどきりとする。咄嗟に目を伏せた馨を、雅紀はどうやら恥ずかしがっていると勘違いしたらしい、厭なものでも見たかのように、鼻に皺《しわ》を寄せた。

「は？　冗談だよな。こんな乱暴な奴」

ブラコンのうえに根に持つタイプだとわかった。また「乱暴」と言われ、馨は差し出したままだった右手を引っ込めるしかなかった。

「雅紀、馨さんに謝りなさい。失礼な態度を取ると許さないぞ」

「でもっ」

雅紀の反論を、九條はひと睨みで封じる。兄に叱《しか》られた雅紀は不承不承の体《てい》で、すみませんと謝罪してきた。

「い、いいのよ。私が悪かったんだし」

ほほほほ、と笑う。恋人と紹介された以上ばれるわけにはいかないので、焦るあまり早口になった。

衣服の下は汗でびっしょりだ。

こちらの気も知らず、雅紀はまったく態度を軟化させることはない。馨の笑い声だけが玄関先で響き渡る。

「あ……私、今日は帰るわね。じゃあ」

そう告げるが早いか、くるりと半身を返す。弟が来たからには仕事を果たせそうにない、今日は帰ったほうがいいと判断したのだが、

「待って」

九條に引き止められた。

「馨さん、中へ入って。雅紀は今日のところは帰ってくれ。彼女が先約だ」

「兄さん！」

まさか自分のほうが追い返されるとは予想だにしていなかったのか、雅紀は眦《まなじり》を吊《つ》り上げる。それでも九條が撤回しないと知ると、あからさまに肩を落として帰っていった。恨めしげなまなざしを馨に流してきながら。

「俺は、よかったのに」

雅紀がエレベーターに乗るのを見届けたあと、迷いつつも促されるまま室内へ足を踏み入れる。

「いや——きみは、ほら、恋人だから。普通は優先するだろう？」

「え」

不意打ちを食らわされて心臓が跳ね上がった。

「恋人って、俺たちはべつに……」

しどろもどろの返答をしつつ、はたと我に返る。九條が恋人と言ったのは、もとより恋人役という意味だ。

「……そっか。恋人だから、そりゃ優先するよな」

口では同意した馨だったが、実際のところはどうなのかよくわかっていなかった。これまで彼女と呼べる相手は何人かいたものの、自分が彼女たちを優先してきたかどうか——自信がなかった。

「コーヒーを淹れよう」

九條がキッチンに立つ。その姿を眺めつつ、弟の雅紀のことが気になってきた。ストーカーだとばかり思い、つい女装していることを忘れて飛びかかってしまったせいで、きっと彼は馨に対して不信感しか抱いていない。

九條の弟に嫌われるのは、馨としても本意ではなかった。

「弟さんって、学生？」

雅紀にとって九條は自慢の兄にちがいない。そんな兄が優先している恋人がおかしな奴だと知って、きっとショックを受けたはずだ。もしかしたら親にも報告するかもしれない。九條には、これ以上ない不名誉な事実になる。

「K大の二年生なんだ。歳が離れているせいか、よくないとわかっているんだが、父も僕もつい甘やかしてしまう」

まずい。

心中で呟いた馨は、ダイニングチェアからすっくと立ち上がった。

いますぐ雅紀に、自分がちゃんとした人間であることを伝えなければ、九條によけいな迷惑をかけてしまう。

「あの、俺、急用を思い出したんで、ちょっと出てくる」

そう言うが早いか、リビングを出て玄関へ向かう。馨の唐突な行動に面食らったのだろう、九條が目を瞬かせた。

「もし雅紀のことが気に障ったのなら」

「関係ないよ」

語尾に被さる勢いで否定したのは、九條には自分の行動を隠したいからだ。弟を追いかけて言い訳してくるなんて言えば、優しい九條のことだ、「大丈夫だ」と引き止めてくるに決まっている。

「なら、僕がなにか不用意な真似をしてしまっただろうか」

玄関でスニーカーに足を突っ込んだとき、思いもよらない問いかけをされ、慌ててかぶりを振る。九條に誤解されては元も子もなかった。

「え。そんなことない。充成さんはなにもしてないよ。本当に用事を思い出しただけだから」

これまでの人生において、小さな嘘くらい何度もついてきた。それなのにいまちくりと胸が痛んだのは、九條がまっすぐな人間だからにほかならない。

「それじゃあ、また連絡するから」

悠長にしていたら雅紀に帰られてしまうので、右手を上げて早々に玄関を出る。逸《はや》る思いにエレベーター内では足踏みをしながら階下に降りると、マンションの外へ足を向けた。

駅を目指すつもりだったが、その必要はなかった。

「あんた」

郵便受けの並ぶ奥まった場所から、雅紀が姿を現す。不穏な様子から、彼がわざわざ自分を待ち伏せしていたのだと察した。

「どんな魂胆があって兄さんに近づいたんだ」

よほど九條に追い出されたことが納得できないらしい、雅紀の口調は刺々《とげとげ》しい。いくら歳の離れた兄弟だとしても、度を越している。

「魂胆って——そんなのあるわけない」

内心むっとしつつも、なんとか作り笑顔で応じる。年下の挑発にのるほどおとなげなくはないつもりだし、自分がそれほどおかしな人間ではないとわかってもらうのが目的だ。

「信じられるわけないだろ。あんたは、兄さんのタイプじゃない。兄さんは、もっと清楚《せいそ》なタイプが好きなんだ。あんた、見た目は確かにいいけど、中身は乱暴で気が強いだろ。いきなり俺を投げ飛ばそうとするくらいだもんな。兄さんはきっとあんたの見た目に騙されてるんだ。俺は騙されないからな」

「はい？」

だが、相手が喧嘩腰《けんかごし》ではどうにもならない。

雅紀の判断はある意味正しいと言えるだろう。馨は、年下に謂《いわ》れのない誹謗中傷《ひぼうちゅうしょう》を受けて平然と受け止められるほど心の広い人間ではない。

「そっちこそ、初対面の人間に対してあんまりな態度じゃないですか？　まあ、充成さんの弟だから我慢するけど、そんな調子じゃ、社会に出たとき痛い目に遭うよ」

人生の先輩として、たっぷりと皮肉を込めた助言をする。笑みを浮かべる余裕を見せた馨に、雅紀が不快そうに顔をしかめた。

「なら、聞くけど、兄さんとどこで知り合ったんだよ」

なんでそんなこと聞かれなきゃならないんだ、と言ってやりたかったが、『本当は九條とは恋人ではない』という事実を隠す必要があるため、即答を躊躇う。

九條が弟に真実を話さなかったのは、心配させたくなかったからだろうと思うと、この場は穏便にすませなければならない。

「……それは、その、仕事絡みで会って」

こほんと、咳払いをして答える。

「仕事関係って、ＫＳ薬品のひと？　それとも取引先で？」

仕事絡みだと知ったためか、雅紀の態度がやわらぐ。ブラコンだけあって、兄の立場は気になるようだ。

「取引先？　かな」

作り笑顔ではぐらかし、あらぬほうへと目を向ける。薬品についてはなにも知らないので、突っ込んで聞かれたくないという心理が働いたのだ。

「そう、ですか」

だが、この反応には思わず吹き出してしまった。仕事関係、しかも取引先のひとらしいとわかった途端に敬語になるところなど、兄に負けず劣らず真面目な青年ではないか。

しかも渋々なのは表情から明らかで、小憎らしいガキだと思っていた雅紀が一気に可愛く見え始めた。

「なにかおかしいですか」

　笑いの止まらない馨に、雅紀が小さく舌打ちをする。くくと喉を鳴らしながら、馨は雅紀の肩を叩いた。

「まあまあ。きみがいい子だっていうのはわかった。とにかく、お兄さんのことは見守っててくれないかな。私に対しては無理でも、お兄さんは信じているんだよね」

　言いたいことは言えた。とりあえず、九條のメンツは保てたのではないだろうか。

　それじゃあ、と一礼して足を踏み出した馨だが、雅紀に腕を摑まれた。

「まだ話は終わってません」

　ぐいと引かれたせいでつんのめった馨は、反射的に体勢を立て直す。その勢いで、背後の雅紀に凭《もた》れかかる格好になった。

「あ、ごめん」

　すぐに離れたものの、雅紀の手は腕から離れない。困惑した様子でじっと見つめられ、内心、やばいと焦る。

　油断しすぎた。身体に触れられれば気づかれてもしようがない。肩や腕、胸はどうしたって硬く、女性のそれとはちがうのだから。

「私、帰らなきゃ」

　手を離してくれるよう言い、腕を引く。けれど、なおも馨を熟視した雅紀は、いきなり両手で胸を鷲掴みにしてきた。

「うわっ」

もとへ、たっぷりしたブラウスの布地を、だ。馨がブラジャーを拒否したため、町田は胸が目立たない服装を用意してくれた。

おかげで平坦《へいたん》な胸は目立たなくなったが——触られてしまえばすぐにばれる。

「やだっ、セクハラ」

慌てて女の子っぽいと思われる台詞を口にし、身を捩《よじ》ってみた。

やはり通用しなかった。

「おまえ……もしかして、男か」

困惑ぎみに、雅紀が聞いてくる。

「まさか」

なんとか笑ってごまかそうにも、うまくいかなかった。見る間に雅紀の顔は強張り、得体の知れないものを見るような目になる。

「いいや、おまえは男だ。女装して、兄さんを誑《たぶら》かすなんて許せない！　この変態！　恥を知れ！」

言葉でも罵《ののし》り、馨の腕をそのまま後ろへ捻り上げる。

「いたたたっ。痛い、痛いって！　これには、わけがあるんだっ」

無理な体勢のまま、強引にエレベーターへと引き戻された。痛みのせいでじわりと睫毛が濡れてくる。

「兄さんの前で暴いてやるから、覚悟しろ」

「だから……俺の、話を……ぅあ」

言い訳をしようとすればいっそう強く捻られるため、なにも言えなくなる。痛みに呻《うめ》くなか無理やりエレベーターに乗せられた馨は、情けない格好で九條の部屋に戻るはめになった。

「……どうしたんだ」

玄関のドアを開けた九條は、馨と弟の姿に戸惑ったようだ。それはそうだろう。別々に帰ったはずのふたりが、一緒に戻ってくれば、なにかあったのかと思うのが当然だ。

「ほら、本当のことを言え」

雅紀にどんと背中を押される。勢いで三和土《たたき》に膝《ひざ》をついてしまったが、腕の拘束がなくなったおかげで痛みから解放された。

立ち上がり、大きく息をついた馨は、背後に立つ雅紀を無視して目の前の九條へ向き直った。

「ごめん。ばれた」

すでに言い逃れしようにも無理な状況だ。雅紀は憤慨していて、馨がなにを言っても聞く耳を持とうとしない。

となると、九條に説明してもらうのが一番だった。

「兄ちゃん、こいつ、女のふりしてやがったんだ！」

その一言とともに、髪を摑まれた。ずるりとウィッグが取れ、短髪に化粧というみっともない姿になる。

「見ろよ！　気持ち悪い。こいつは女装して兄ちゃんに近づいた、変態なんだよ！」

暴いてやったと言わんばかりに、雅紀が胸を張る。

こっちは好きで女装してんじゃねえよ！

怒鳴ってやりたい衝動を堪え、唇を嚙んだ。

九條はいったいどう答えるつもりなのか。ここは正直に、男に付き纏われて困っているから恋人役を頼んだと打ち明けるほうがいいような気がする。そうすれば、少なくとも女装癖《じょそうへき》を持つ恋人がいるという疑いは晴れる。

「いいかげんにしないか」

九條が尖《とが》った声を雅紀にぶつける。

「馨さんに失礼だろう。さっきも言ったとおり、馨さんは僕の恋人だ」

どうやら、あくまで白《しら》を切るつもりのようだ。

男にストーカーされている事実は、女装の男を恋人に持つことより言いたくない事実なのだろうか。

釈然としなかったものの、馨以上に雅紀は納得できない様子だ。

「だから、こいつ、男なんだって。ほら、脱いでみせろよ！」

雅紀の手が胸元に伸びてくる。咄嗟に身構えたが、その手がブラウスに到達することはなかった。

「雅紀」

九條が雅紀の手首を摑み、阻んだからだ。そのまま馨を自身の背後に庇うと、厳しい口調で雅紀を窘《たしな》める。

「馨さんが男だから、なんだ。おまえには関係ない。何度も言うが、馨さんは僕の恋人だ。侮辱することは許さない」

ぴしゃりと一蹴《いっしゅう》した九條に、雅紀はぐうの音も出ない。突っぱねられたことがよほどショックだったのか、愕然とした表情で両目を見開いている。心なしか、顔色も悪くなった。

「わかったら、もう帰ってくれ」

最後にそう言い放つや否や、玄関に雅紀を残し、馨を室内へと促す。

「けど……」

馨のほうが雅紀が気になり、躊躇《ちゅうちょ》する始末だ。

「すまない。雅紀のひどい態度は、兄としても恥ずかしい」

リビングダイニングまで来ると九條が謝ってきたが、内心それどころではない。確かに雅紀にはむかついたとはいえ、兄弟仲にひびを入れようなんて気はさらさらないのだ。

「俺はいいから。雅紀くんの様子、見てきたほうがいいよ。きっと雅紀くんのほうがショック受けてると思う。兄貴に男の恋人がいるって知ったら、誰でもパニクるはずだし」

しかも、大好きな兄に、だ。

九條が戻らないというなら、馨が玄関に引き返して状況を説明したいくらいだった。

「いや、いいんだ。あいつもいつまでも僕に頼ってないで、大人になるべきだ。兄離れには、むしろちょうどよかった」

九條の言い分はもっともだと思う半面、やはり気が咎《とが》める。自分のせいで兄弟喧嘩なんてしてほしくはなかった。

「九條さん、本当のことを話すのは駄目？　ストーカーされてることだけ言って、男っていうのは黙っててもいいんだし」

いまからでもそうすべきだと言外に告げた馨に、束《つか》の間《ま》、九條が怪訝《けげん》な顔になる。その後、眉をひそめると、ふっと目線を床に落とした。

なんともはっきりしない態度を不思議に思い、九條を窺う。唇を引き結んだ九條は、次に目を上げたときには普段のやわらかな笑みを浮かべていた。

「そうだな。事実を話せばすむことだった。どうやら僕は、本来の目的を忘れていたようだ」

「…………」

どういう意味なのか、すぐにはぴんとこなかった。ばつの悪そうな顔で首の後ろを掻いた九條を目にしたとき、やっと理解する。

つまり、本来の目的、ストーカーを撃退する、そんな大事なことを失念していたと言っているらしい。

となると、馨の立場はどう認識しているのだろう。そもそもの部分がなければ、馨は九條にとってなんになるのか。

けれど、馨にしてもそれを問うのは憚られた。なぜ躊躇うのか、自分でもよくわからないまま、軽い調子で肩をすくめた。

「なんにしても、ごめん。弟さん、いま頃きっと落ち込んでるんじゃない？」

そう言うと、短髪に両手をやった。

「これじゃ、今日は帰ったほうがいいな」

雅紀にウィッグを台無しにされた状態では恋人役どころではない。強引に引っ張られたせいで、胸元のボタンも飛んでなくなっていた。

「こちらこそ雅紀がすまなかった。送っていくよ」

この格好でとても電車で帰る勇気はないため、九條の申し出をありがたく受ける。すぐにマンションを出て、九條の車に乗り込んだ。

「弟さんには、ちゃんと説明したほうがいいよ」

事務所へ送ってもらう車中で、出過ぎた真似と承知で切り出す。馨としても、女装好きの男だと思われたままなのは不本意だ。

頷いた九條は、いったいどうしたのか先刻から歯切れが悪い。

そのせいで気まずい雰囲気になり、会話が途切れがちになり、そのうち馨も黙った。

数十分後、コンビニの駐車場に到着する。ウィッグの入った紙袋を手にして車を降りようとしたとき、それまで黙っていた九條が口を開いた。

「明日だけど、仕事はいいから、今日のお詫びで夕飯をごちそうさせてくれないかな」

無言だったのは、弟とのことを気にしていたのかもしれない。

「いいよ。なんとも思ってないし」

「いや、僕の気がすまない。ぜひそうさせてほしい」

九條らしい気遣いだ。再度辞退するつもりだった馨だが、せっかくの誘いなので気が変わる。仕事抜きでご飯を食べる約束をするのは久々のことだったし、九條となら愉しめるだろうと考えたのだ。

「わかった。じゃあ、明日」

承知し、ドアを閉める。白いセダンが去っていくのを見送ってから、事務所の階段を一段飛ばしで上がった。

「ただいま帰りました」

事務所には剣崎と町田がいた。冬馬はきっと本人の言うところの自宅待機だろう。

「やだ！」

馨を見た途端、町田が悲鳴を上げた。

「なにやってるの！　髪はぼさぼさで、メイクもひどいじゃないの。ああ、ブラウスも……っ」

そこで言葉を切った町田は、はっと顔色を一変させる。

「まさか……九條さんが」

なにを期待してか、きらきらとした双眸で迫られた馨は、赤らんだ頬から町田がよからぬ想像をしていると気づいて慌てて首を横に振った。

「変なこと考えるのはやめてください！　これには、いろいろ事情があるんです」

「じゃあ、その事情を聞かせてもらおうじゃないの」

町田は一歩も引かず、馨を応接用のソファに座らせると自分は隣に腰を下ろした。しつこくせっつかれて、ごまかすわけにもいかず渋々弟に絡まれたことを話す。

「え、じゃあ、九條さんにも男だってばれたっていうの？」

「……じつは」

この件に関しては、どれだけ責められても反論ひとつできない。デスクで腕組みをしている剣崎の視線が痛くて、身を縮めた。

「どうなってるのよ！　それで、九條さんはなんて言ってるの！　うちが訴えられるってことはないんでしょうね」

激しい剣幕で詰め寄られ、馨は何度も頭を下げた。

「すみません！　でも、九條さんは怒ってません。あのひと、本当にいいひとで、俺が男だって知ってからも変わらず仕事を続けさせてくれるんです」

隠し事をしたのは自分の落ち度で申し開きの言葉もないが、九條の名誉のために町田と剣崎に訴える。

「だからブラジャーしなさいって言ったのに！」

「や、そういう問題じゃないんで」

九條には胸ではなく股間を摑まれたのだから、ブラジャーをつけていようといまいと結果は同じだった。そもそも一番の原因は、自分の仕種ががさつだったせいなのだ。

「なにのんきなこと言ってるの」

町田は納得いかないのか眦を吊り上げて吐き捨てると、剣崎に歩み寄り、両手でデスクを叩いた。

「どうするの、所長。訴えられたときの対策を練っておかなきゃ。こんなの、うちが始まって以来のピンチよ！」

捲し立てる町田に、剣崎は難しい顔で考え込んでいる。このままでは、自分のせいで九條の立場が悪くなる一方だ。

「ですから、落ち度は俺にあって九條さんは――」

続けようとした言葉は、はあ、と大きなため息にさえぎられた。

腕組みを解いた剣崎が、ぽりぽりと顎を掻く。

「まあ、ばれちまったものはしょうがない。葉山が大丈夫と言うなら、九條さんは訴えたりしないだろう」

さすが剣崎だ。ひとを見る目がある。

「はい。俺が保証します！」

胸を撫で下ろした馨に対して、町田はまだ疑っている様子だ。次回からはもっと完璧にしなきゃと言っているところを見ると、九條がどうというより、自分が手掛けた変装が見破られた、その事実が不本意なのだろう。

「で？　今後はどうなってる？」

剣崎の問いかけに、はいと顎を引いた。

「もちろん契約続行です。明日、じつは仕事抜きでご飯食べにいく予定ですし」

女装せずに九條に会えると思うと、わくわくしてくる。いくらフランクに話せても、いつもは女装しているせいで腹を割って話しているという感覚には程遠かった。

「仕事抜き？」

剣崎の眉が、ぴくりと上がる。

「あ……平気ですよね」

なんなら有休扱いでも、と顔色を窺いつつ問うた馨に、剣崎からは返ってきたのは、「わかった」の一言だった。

「トラブルを避けるために、依頼人に深入りするなって叱らなきゃ駄目でしょ」

町田の言い分はもっともだ。が、九條とはトラブルになりようがない。

「べつに深入りしてません。ご飯食べにいくだけです」

「最初はみんな食事をするところからなのよね」

馨に面と向かってではなく、剣崎を間に介して言ってくるところが嫌みったらしい。

「お言葉ですが」

一番大事なのは信頼関係だと言おうとした馨だが、

「今日はもう上がっていいぞ」

剣崎の言葉に口を噤む。剣崎が黙認してくれたのだから、町田がなにを言ってきても関係ない。

一礼して、剣崎のデスクを離れる。

「剣崎さんは若い子に甘いわよねえ」

帰り際に耳に届いた町田の声は、聞こえなかったふりをして事務所をあとにした。

自宅に戻った馨は、予定外の半休を掃除や洗濯をして過ごす。夕飯前に、コーヒーでも淹れて一休みしようとしたとき、スマホが音を奏でた。

九條からのメールだ。

『明日、早めに会って映画でも観ないか』

明日は一日暇だ。いいねと打ち込み、返信する。

『よかった。じゃあ、十一時くらいはどう？』

これにも了解と返し、その後も何度かやりとりして待ち合わせ場所を決めた。

「映画かあ。何年ぶりだろ」

学生時代に当時の彼女と観て以来だ。その彼女と卒業を待たずに別れてから、恋愛からすっかり遠ざかってしまっている。

いまは面倒くさいというのが本音だった。自分にとってまず優先しなければならないのは、恋愛ではなく、仕事だ。

なんとかKRFで一人前にならなければ。

コーヒーを一口飲んだ馨は、決意を新たにする。

一方で、いくらもせずに鼻歌を口遊《くちずさ》んでいて、自分で思っているより明日を愉しみにしているらしいと気づき、妙な心地を味わったのだ。

九条が車で迎えにきてくれるというので、馨が十分ほど早くマンションの部屋を出たとき、すでに白いセダンが路肩に停まっていた。

急いで駆け寄り、助手席のドアを開けて乗り込んだ馨を見た九條は、なぜか不思議そうな顔をした。

「どうかした？」

聞いたあとで気づく。いつもとはちがう、ごく普通のシャツとジーンズ姿に慣れないせいだろうと。

「まさか女装してくると思った？」

馨の軽口に、九條は頷く。こっちは冗談のつもりだったのに、九條の反応の薄さにあれっと思ったものの、馨にしても深く追及したくないことだ。それに、女装の件に踏み込んでこないのは九條なりの気遣いかもしれない。

「あ、っと。これは？」

ダッシュボードの上に置いてある包み紙を指差す。飾りけのない車内で、やけに可愛い柄の包みは浮いていた。

「なにがいいかわからなかったんだが――きみに」

「え、きみ、って俺に？」

よもやそんな答えが返ってくるとは思わなかったため、驚いて運転席に顔を向ける。

誕生日でも、もちろんクリスマスでもないのに自分のために用意してくれたのか。その事実をどう受け止めるべきか判断に困り、ダッシュボードの上の包みをじっと見つめる。

「開けてみて」

と促されると開けないわけにはいかず、戸惑いつつ可愛い包みに手に伸ばすと、びりりと破って中身を出した。

「……これは」

ブランド物のストールだ。ブルーの花柄が涼しげで、夏らしい。肌ざわりも素晴らしく、きっとそれなりの値段だったのだろうと推察できる。

だが、馨が気になったのは、九條がどんなつもりでこれを自分に贈ろうと考えたのか、その一点だった。

どういう意図があって、女性もののストールを馨への贈り物に選んだのか。

「お礼とお詫びだと思ってほしい」

この言葉もしっくりこない。馨が九條のためにしていることは仕事で、昨日の雅紀との件に関して言えば、お互いさまなので礼も詫びも必要なかった。それに、九條には初日にスニーカーをもらっている。

馨の困惑が伝わったのか、九條が先回りをした。

「どんなのがいいのか、僕はこういうのに疎くて——もし好みじゃないなら、ダッシュボードの中にでも入れてくれて構わない」

九條みたいな男にそんなふうに言われて、どうして辞退できるだろう。少なくとも馨には無理だった。

「え、気に入らないとか、ないよ。すごく綺麗だと思う。次の土曜日には、これをつけて行くな」

馨が首にかけてみせると、九條が口許を綻ばせる。

「そうか。よかった。誰かにプレゼントすること自体、久しぶりだから」

この一言は意外だったが、嘘ではないようだ。綺麗だと馨が言ったとき、九條は心底ほっとした表情になった。

「俺もそう。プレゼントとかって照れくさくてなかなかできないんだよな。でも、九條さんはこういうの、スマートにできるのかと思ってた」

「そんなふうに見える？　むしろ苦手なほうなんだが」

ストールを首にかけたまま九條と会話する一方で、なにをやっているのだろうかと落ち着かなくなってくる。

映画を観ようと誘われて、ストールをプレゼントされて——これで馨が女だったら完全にデートだ。

女装していたら、周囲もデートだと思ったにちがいない。

でも、いま自分はごく普通の格好をしている。デートではないのに、デートみたいなことをしているのは、どういうことなのか。

しかも自分は、九條が自分のためにプレゼントを用意してくれたと知った瞬間、嬉しさが先に立った。まさか中身がストールだとは想像もしていなかったが。

「………」

黙り込んだ馨を変に思ったのか、九條が横目で窺ってくる。

「馨さん？」

名前を呼ばれてもどういう反応をすればいいのかわからず、笑顔を向けるしかなかった。

路上パーキングに停車すると、そこからは徒歩で映画館に向かう。しばらくは車中に残してきたストールのことが気になっていたものの、ポップコーンとアイスコーヒーを手に館内に入る頃には頭から消えていた。

九條とは趣味が合うようで、かねてから興味があったヒロイックファンタジーの映画を観ることになったからだ。映画でも本でも勧善懲悪《かんぜんちょうあく》で、すかっとするストーリーが好きだった。

およそ二時間、どきどきはらはらしどおしで、期待どおりの内容に満足して館外へ出た。

「アクション、すっごい格好よかった。ＣＧも最高だったし！」

昂揚して同意を求めると、ああと九條が同意する。

「これは映画館で観られてよかったよ」

「だね。知らない俳優だったけど、すごいよかった」

映画館を出たあとは、ピザが食べたいと言った馨のリクエストでイタリアンレストランに河岸《かし》を変える。海老やあさりののったシーフードピザの他にもタコのアヒージョやムール貝のワイン蒸し等、魚介をたっぷり愉しみつつ、いつもは飲まないワインまで飲み、腹が膨れる頃にはすっかり浮かれてしまっていた。

「ほんとに割り勘にしてって。なんだか、もらってばっかりで気が引けるし」

イタリアンレストランを出て、駐車場へと歩く傍ら九條の腕を引っ張る。すでに日はとっぷりと暮れ、街灯の輝く通りにはひとがあふれ返っていた。

「それじゃ、お詫びにならない」

「だから、そんなのいいんだって」

ほろ酔い加減も手伝って、自然に饒舌になる。今日は本来の姿、男の格好をしているので取り繕う必要がなく、素が出せるのが大きかった。

少し馴れ馴れしすぎるような気がしつつもまるでずっと以前からの友人みたいに接してしまう馨を、九條はどう感じているだろう。

自分と同じように愉しんでくれていたらいい。

「それなら、次は馨さんがごちそうしてくれるっていうのは、どうだろう」

「あ、それいい」

九條の提案に、馨は親指を立てた。

運転しなければならないため、九條自身は一滴《いってき》も飲んでいない。次は電車かタクシーを使えば、一緒に飲むことができる。

互いに飲酒の習慣はなくても、一緒に食事をする際、ちょっと一杯飲めればもっと会話が弾んで本音が出せるに決まっている。

「約束」

足を止めた馨は、小指を九條に差し出した。ほほ笑んだ九條も手を出してくれ、ゆびきりをする。

「嘘ついたら針千本のーます。指切った」

小指を離して、また歩きだす。

「あー、なんだか帰るのもったいないな。コーヒーでも飲んでかない？」

まだ二十時にもなっていない。前方のカフェの看板を示した馨の提案を、九條は二つ返事で承知した。

結局、コーヒー二杯で一時間ほどカフェに居座り、二十一時になる頃、九條の車で帰宅の途についたのだ。

「今日は本当にありがとう」

車を降りる前に礼を言う。

「次回の仕事のときに、これ、つけていくから。俺、可愛いからきっと似合うよ」

もらったストールをひらりとかざし、わざとおどけてみせた馨に、九條が蕩けんばかりに破顔した。

「僕も、今日は愉しかった。またプライベートで会える日が待ち遠しい」

なにより嬉しい言葉に、胸の奥がじんとなった。九條が自分と同じように感じてくれていると知り、自然に頬が緩む。

「俺も」

ふわふわとした心地でドアレバーを引く。車から外へ半身を出した馨を、九條はいったん引き止めてきた。

「そのときは、女装でいいから」

「…………」

女装という単語に、はっとする。夢から現実に引き戻された、そんな気分だった。

九條はなにを言っているのだろう。たったいま仕事抜きで会うと約束したのに、女装しろとはどういうつもりなのか、九條の心情が理解できない。

真意を測りかね、九條をじっと見つめる。

「馨さんは、本当によく似合ってる。だから、今日だって女装でよかったんだ」

冗談なのかと思ったが、九條の表情からそうではないとわかる。この手の冗談を言うタイプではないので、九條は本気で女装してこいと言っているのだ。

女装がいい、と。男の姿では不服だと。

馨は、手に持ったストールに視線を落とした。これも仕事用ではなく、プライベートで女装したときのためにくれたものだった。

「九條さん……なに、言ってんの」

それでもまだ半信半疑で問うたが、答えは必要なかった。まっすぐな目でじっと見つめられた馨は、唇を結んで車を降りると勢いよくドアを閉めた。

自分を呼ぶ九條の声が聞こえたような気がしたが、振り返らずにマンション内へ入る。エレベーターで上階へ上がる間、掻き乱された感情を抑えようと何度も深呼吸をした。

どうしてこれほど動揺したのか。話は単純明快だ。

ようするに、九條は女装した自分にしか用がないと知ったからだ。偽りの姿がいいなんて、馨にしてみればプライベートでつき合う気がないと宣言されたも同然だった。。

「可愛い女の子を連れ回したいだけって？　ああ、それとも、プライベートって言えばレンタル料が発生しないから？」

はっと笑い飛ばした馨だが、どうしても信じられなかった。自分の知っている九條は、そういうことをする人間ではなかった。

いいや、たかだか何度か会っただけで、本来の人間性なんてわかるわけがない。わかったような気がしていただけだ。

こちらが九條の本性なのかもしれない。

唇に歯を立てたとき、ジーンズのポケットでスマホが震え始めた。相手を確認すると、電話をかけてきたのは九條だった。

出ずにポケットに戻す。エレベーターを降り、玄関で靴を脱ぐ間に続けて三度ほどかかってきたが、すべて無視した。

似たような経験は過去にもした、と自身に言い聞かせてもなんの慰めにもならない。苛立ちに任せ、床にストールを投げつけた。

ふわりと舞って、音もなく床に広がったストールに舌打ちをする。

どうしてこれほど腹が立っているのか。それはきっと、九條が誠実な人間だからだ。

可愛い女の子を連れ回したいからでも、レンタル料をケチりたいからでもない。きっと本心から馨に女装してほしいと思っているのだろう。

九條がプライベートのつき合いをしたいと望んでいるのは、女装した自分なのだ。

そう確信し、裏切られたような気になるのをどうしても止められなかった。

4

「おはようございます」

だらだらと休日を過ごした、翌水曜日。事務所に顔を出すや否や、馨《かおる》は剣崎《けんざき》に呼ばれた。

めずらしく渋い表情の剣崎を前にして、いったいなにがあったのかと思いつつデスクに近づいていった馨に、どきりとする一言が投げかけられる。

「葉山《はやま》、おまえ、九條《くじょう》さんと揉《も》めたのか？」

いきなり核心を突《つ》かれ、息を呑《の》む。九條から剣崎になにか話があったのは明白だ。

「九條さんは……なんて、仰《おっしゃ》ってました？」

苦い気持ちで問い返す。言いたいことがあるなら剣崎ではなく自分に言ってくれればいいのに——と、口中で舌打ちをした馨だが、自分が電話もメールも無視していることに気づく。

「いや、じつは昨日、九條さんから謝罪の電話があった。おまえを傷つけてしまったと、何度も謝られてたぞ」

「…………」

九條らしいと思う。いま頃きっと、急に態度を変えた馨をあれこれと気にかけているのだろう。

結局のところ、プライベートで会ったのが間違いだった。仕事上の関係だけなら、うまくやっていたのに、なまじ欲張ったせいで台無しにしてしまった。

町田《まちだ》が正しかった。

――トラブルを避けるために、依頼人に深入りするなって叱《しか》らなきゃ駄目でしょ。

九條と自分に限ってと、安易に考えすぎていた。

「彼に謝られるようなことをされたなら、報告してくれ。事務所として正式に抗議しておく」

剣崎の言葉には、慌ててかぶりを振った。

「なにもないです！　俺が、些細《ささい》なことで機嫌を悪くしたから、九條さんは気にされているんです」

実際、いま思えば些細なことだ。ジョークにしてしまって、笑い飛ばせたらよかったのだ。

「なら、仕事は続行でいいんだな」

剣崎の念押しに、一瞬迷ったものの深く頷《うなず》いた。いまさら恋人役が別の人間に変わるわけにはいかないし、なにより自分でやり遂げたかった。

「電話して、事態をおさめておけ」

黙礼して剣崎のデスクを離れた馨は、意を決してメールの受信ボックスを開く。一昨日《おととい》と昨日、九條からいくつもメールが入っていた。

『きみの気持ちも考えず、不用意なことを言ってしまった。僕が口出しすべきじゃなかった。

本当にすまない』

『きみが不快になるのは当然だ。悪かった。虫のいい話かもしれないが、会って謝罪させてほしい』

平謝りのメールが五通ほど続いたあと、文面が変わる。

『きっと僕は調子にのっていたんだろう。きみと親しくなれたような気がしていた』

『もう僕の顔は見たくないだろうか』

メールに目を通した馨は、苦笑せずにはいられなかった。

「……あんなに格好いいんだから、男の機嫌なんか取る必要ないのに」

電話をしようとトイレに向かうと、先客がいた。しばらく待ってみたものの、一分たっても二分たっても出てくる気配はない。

いったんデスクに戻って今週のスケジュールをチェックしてからまたトイレに行ってみたが、やはり個室の鍵はしまっていた。

十五分はたっていたのでさすがにおかしいと思い、ドアをノックする。中からはなんの応答もない。

まさか倒れているのでは――。

「ちょ……大丈夫か？」

不安になり、どんどんと続けざまに思い切りドアを叩《たた》く。これで反応がなければ救急車を呼ぼうとスマホをぎゅっと握り締めた、まさにそのとき中からドアが開いた。

「うるさい」

ぼそりとこぼして姿を見せたのは、冬馬《とうま》だ。冬馬の手には携帯ゲーム機がある。どうやらトイレの個室にこもってゲームをしていたらしい。アクションゲームの画像が見える。

「あ……具合でも悪いのかと思ったんで。そのゲーム、面白いですか？」

特に興味はなかったものの、新米所員という立場上声をかけた。どうせ返事はないだろうと思っていたのに、意外にも冬馬の顔がこちらを向いた。

「ゲーム、やるんだ？」

期待に満ちた目で見られ、頬《ほお》が引き攣《つ》る。

「え、ああ。たまに、だけど」

友人宅で何度かやっただけだったが咄嗟《とっさ》にそう言うと、馨の返答を聞いた冬馬がいきなり距離を縮めてきた。

「どんなのが好き？　俺はアクション系とかよくやるんだけど、ＳＬＧ《シミュレーションゲーム》もときどきやる。いまは、一昨日発売されたウォーゲームのⅣをやってる。やったことある？」

てっきり他人と話すのが苦手なのだとばかり思っていた冬馬に、息つく間もなく捲《まく》し立てられ、馨が戸惑う。もしかしたら同じ趣味を持つ者が身近にいなくて腐っていたのかも、そう思うとむげにはできなかった。

良好な職場環境にあって初めて円滑に仕事ができるというのが、馨の持論だ。

「あー……っと、Ⅱを、やったかな。あの、女の子が鍵になるヤツ」

曖昧《あいまい》な記憶を辿《たど》って答えた馨に、冬馬が驚くほど笑顔になる。普段は無表情で漂《ただよ》っているような印象があるだけに、ギャップに驚いた。

「キャサリン！　Ⅱは本当に傑作《けっさく》だった」

自分の興味があることにだけに熱中し、他にはまるで関心を示さない人間は、学生時代にもいた。冬馬の場合は、なまじ気心の知れた叔父《おじ》の下で働いているからそれが顕著なのかもしれない。

そうだな、と馨が答えたとき、剣崎がやってきた。

「おまえら、なにやってる」

剣崎はちらりと冬馬の手にあるゲーム機に目をやり、呆《あき》れを含んだため息をこぼす。

「またか」

トイレにこもってゲームをやるのは今日に限ったことではないようだ。たまたま居合わせただけで同罪にされてはかなわない。

「俺は、九條さんに電話をするためです」

剣崎の命を果たそうとしたのだと、スマホを掲げて見せる。

剣崎が、不穏な半眼を流してきた。

「トイレでか？　なぜ向こうでかけない」

「え、それは……」

うまく答えられず、口ごもる。確かに、剣崎にかけろと言われたのだから仕事の電話になるため、わざわざトイレに移動する理由はなかったが――やはり事務所では話しにくい。

女装の話のみならず、個人的にストールをプレゼントされたことまで話が及んだ場合、剣崎や他の所員の前でするのは憚《はばか》られた。

「俺には聞かれたくない話なのか」

耳に痛いことを指摘され、返答に窮する。聞かれたくないかと問われれば、そうだと認めざるを得ない。だからこそトイレまで来たのだから。

「いえ……べつに」

言葉を濁した馨の心情を察してくれたのか、剣崎はその先を追及してくることはなく、代わりに、両手を使って冬馬とふたりまとめて指差された。

「おまえたちふたりで、公民館の草取りに行ってこい」

「え」

急な仕事を命じられ、思わず声を上げた。もとより所長命令なので逆らうことはできない。

渋々ながら「はい」と答えた馨に反して、冬馬は厭《いや》そうに顔をしかめた。

「それ、レンタルファミリーと関係ない」

その通りだ。鋭い指摘に大きく頭を上下させると、剣崎に睨《にら》まれた。

「うるせえ。日頃お世話になっている近隣住民の方へのお礼を込めたボランティアだ。いいか、手を抜こうとしても無駄だぞ。真夜中までかかっても綺麗《きれい》になるまでやれ」

あまりに厳しいお達しに、背筋が伸びる。ぐずぐずしてこれ以上仕事を増やされては敵《かな》わないので、いまだ不本意そうな冬馬を無理やり引っ張ってトイレを出ると、言われるまま作業服に着替え、徒歩で現地へ向かった。

九條のことが気がかりだったが、草取りのあとに電話をしようと決め、十分ほどで公民館に到着した馨は――目の前の光景に愕然《がくぜん》となった。

「うげ」

庭の草取り程度を想像していた自分の甘さを痛感する。

まさにジャングルだ。

ツナギの作業服に長靴《ながぐつ》を履《は》かされた理由が、ここに来て理解できた。

どうしてこんな状態になるまで放置していたのか、その疑問には年配の管理人が答えてくれた。

「いや～。すみませんね。新しい公民館ができてずっと使ってなかったんだけど、今度ここを老人の憩《いこ》い場にしようと思いましてね。今日はよろしくお願いします」

それだけ言って管理人は去っていき、冬馬とふたり残される。

こうなった以上愚痴《ぐち》を言っていてもしようがない。冬馬が期待できないぶん、自分が張り切るしかない。

「よし、やるぞ」

早速鎌を駆使して、伸び放題の草を刈っていく。いくらもせずに草の山があちこちにできた。戦力にはならないかと思われた冬馬もそれなりに頑張ってくれ、四時間後には見違えるようになった。

達成感を嚙《か》みしめつつ、管理人に報告する。予想以上に感激してくれた管理人に、やってよかったと思いながら、くたくたになった身体《からだ》を引きずって事務所に戻った。

事務所には剣崎の他にも町田や牧瀬《まきせ》、犀川《さいかわ》がいたが、意外な人物も待っていた。

「……九條、さん」

応接スペースのソファから立ち上がった九條を見て、どきりとする。一昨日会ったばかりなのに、久しぶりに顔を見たような気がするのは、やはり気まずい別れ方をしたせいだろうか。

「ちょうど呼びにやろうと思っていたところだ」

という剣崎の言葉を聞きつつ、九條に向かって足を踏み出した。ばたばたして電話できずじまいだったせいで、九條は痺《しび》れを切らしたようだ。

そのせいでいきなり顔を合わせるはめになり、馨にしてみれば多少の気まずさを覚えるのはどうしようもなかった。

「九――」

口を開いたとき、ふと、ある事実に気づいて立ち止まる。

慌てて回れ右をすると、馨は剣崎のデスクに向かった。

「すみません。いったん帰らせてください！　いますぐ」

「はあ？」

剣崎が顔をしかめる。

「おまえ、なにを言ってるんだ。せっかく九條さんが来てくださったのに、失礼じゃないか」

剣崎の言うとおりだ。しかし、どうしてもいまは無理だ。九條と向き合って話なんてできない。

「……駄目です」

「葉山、いいかげんにしろ。もしどうしてもというなら、いまここで理由を説明しろ」

馨の気持ちを少しも察してくれない剣崎に、次第に苛立《いらだ》ちが募る。この瞬間も九條と同じ空間にいたくなかった。

「なんと言われようと、駄目なものは駄目なんです。だって俺――」

背後の九條を肩越しに窺《うかが》う。九條は、失望したような、すまなそうな、複雑な笑みを浮かべていた。

「だって俺、いまものすごく汗臭いんです！」

半ば自棄《やけ》になって、馨は大声で叫んだ。

全身泥まみれなうえ汗だくになり、自分ですら自分の臭《にお》いが気になるくらいだ。九條にこんな臭いを嗅《か》がれるのかと想像しただけで、ぞっとする。まともに話なんてできるはずがない。

「家に帰って、風呂《ふろ》に入って戻ってきます！　だから、あと三十分、二十五分だけ待ってください！」

恥を忍んで剣崎に懇願する。本来九條本人にお願いすべきだとわかっていたが、恥ずかしくて振り向くことすらできない。

焦り、睨むように見据えた馨に、剣崎はぽかんとした顔になる。かと思うと、次の瞬間、爆笑し始めた。

剣崎だけではない。町田や牧瀬、犀川までもが笑いだす。

だから言いたくなかった、と視線で剣崎を責めても手遅れだ。

「馨ちゃん、可愛《かわい》いな」

牧瀬が、目尻《めじり》の涙を指で拭《ぬぐ》う。

「感動したわあ」

町田にいたっては、身体をふたつに折ってげらげら笑っている。犀川は一応遠慮してくれたようだが、肩がぷるぷると震えていては同じことだ。

「おまえら、笑うな。葉山が気の毒だろう」

そう言う剣崎が一番面白がっている。

唯一、冬馬だけは興味なさそうに、どさくさにまぎれて事務所を出ていった。

「剣崎さんが、無理やり言わせたくせに」

穴があったら入りたいとはまさにこのことだ。赤面した馨は、唇《くちびる》を噛み締めた。九条もきっと笑っているにちがいないと思えば、後ろを向くこともできなかった。

「すみません」

九条が歩み寄ってきた。横に立たれて身を硬くした馨の腕を取り、予想だにしなかった言葉を発する。

「このまま馨さんをレンタルしていいでしょうか」

「え」

自分の汗臭さを忘れ、咄嗟に口を挟む。

「いや、話をするくらい外でもいいし、なんならトイレでも」

そんなことでお金を使う必要はないという意味だった。しかし、剣崎は馨の反論をさえぎり、わざとらしいほどの営業スマイルを浮かべて手揉みをした。

「もちろん構いません。それがうちの仕事ですから。えーっと、二、三時間で大丈夫ですか？

もちろんもっと長くても大丈夫ですよ」

「俺の就業時間、あと二時間ですけど」

ぼそりと抗議したが、当然無視される。

「煮るなり焼くなり好きにしてください」

にこやかにそう言い放った剣崎に、

「そうさせていただきます」

九條が答える。

「え！」

驚いて九條を熟視すると、自嘲《じちょう》ぎみな笑みが返ってきた。

「冗談です」

すぐに訂正されたものの、馨の動揺はおさまらない。九條がなにを言おうとしているのか予測もつかないし、なにより自分の汗臭さが気になっていた。

「じゃあ、お借りします」

一礼を最後に足を踏み出した九條のあとに渋々続き、一定の距離をとって作業服のまま事務所を出る。

「俺の家でいいですか」

とにかく風呂に入るまで臭いが気になって話に集中できそうにないので、一も二もなく自

宅に誘った。

「いいの？」

足を止めて振り向いた九條に、馨も足を止めてもちろんだと頷いた。

「けど、狭いよ。ごちゃごちゃしてるし」

マンションまでの道順を示しつつ、最初に断る。

「構わない」

ふたたび前後に並んで歩きだすと、九條の背中に向かってため息をついた。

「レンタル料払わなくても、俺が休みを取ったのに」

九條が首を横に振る。

「料金はどうでもいいんだ。きみと話したかったから」

「………………」

意地になって電話もメールも無視したせいで、けっして安くはない料金をよけいに払わせることになってしまい、申し訳なさに肩を縮める。

剣崎も剣崎だ。少しくらい目こぼししてくれてもいいのに。

「あ、そこ右」

細い路地に入ると、グレーの外壁のマンションが見えてくる。そこまで九條を案内すると、オートロックを解除して、エレベーターへと促した。

「五階で待ってて」

同じエレベーターに乗りたくないという意味だったが、ここまで来て九條がくるりと向きを変えた。

「ちょ……っ」

手を取られ、強引にエレベーターに乗せられる。すぐさま降りようとしても、手を離さないまま「閉」ボタンを押されてしまい、どうしようもなかった。

「だから、汗臭いって言ってるのに」

早く着けと願いつつ、横目で睨む。

九條は、ふっと相好を崩した。

「気にならない。むしろ頑張ってるきみを感じられて、ほほ笑ましいよ」

無理しているわけではないようだ。九條のやわらかな表情を前にして、馨は首の後ろを掻いた。

「充成《みつなり》さんって、変わってるよな」

呆れを込めた一言に、なぜか九條は笑みを深くした。

やっと五階に着き、今度は先に降りると急いで部屋のドアを開け、九條を招き入れるのもそこそこに自分は着替えを手にする。

「適当に座っといて」

九條をリビングダイニングに残し、馨自身はバスルームへと走った。シャワーを使って汗を流し、一息ついた十分後、Tシャツとジャージパンツ姿で九條のもとに戻った。

これでちゃんと向き合える。

「馨さんらしい部屋だ」

湯を沸かす馨の背後で、九條がしみじみとした口調でそう言う。

「それって、大雑把って意味？」

床に直置《じかお》きしたテレビや、隅っこに重ねた雑誌。カーテンレールに引っかけたハンガーにはジャケットを吊《つ》るしている。どれも九條の部屋では見なかったものだ。

「大らかという意味で」

好意的に言い換えてくれた九條に、気恥ずかしくなる。コーヒーをテーブルに置いた馨は、まず謝罪した。

「電話もメールも無視したこと、ごめん！　俺、裏切られたような気持ちになってて、ガキくさいって思いながら、なかなか連絡できなかった」

頭を下げたまま、自分の気持ちを吐露《とろ》していく。本音を言えば、みっともなくて口にするのは憚られたが、わざわざ事務所まで足を運んでくれた九條に対する最低限の礼儀のような気がしたのだ。

「充成さんに女装してくるように言われて、俺は、友だちになったつもりでいたから……女装の俺しか興味がないのかって思って。だから、悔しくて……」

思い出すと、いまだ胸が痛くなる。それほど自分にとってはショックな出来事だったらしい。

九條が苦い顔になる。

「あのときまで、馨さんが好きで女装をしているんだとばかり思っていたんだ。男だというのを隠していたみたいだから、てっきり普段から女性として過ごしているのかと」

「ちがう！」

顔を上げ、言葉尻に被《かぶ》さる勢いで否定した馨に、九條が真剣な面持《おもも》ちで顎《あご》を引いた。

「女装は、好きでしていたわけじゃないんだね」

大きく頷く。

「ちゃんと説明した。女性所員が入院したから、仕方なくだって」

「それは聞いたが、きみがあまりに――」

一度そこで唇を結んだ九條は、自身のこめかみを押さえた。

「完全に僕の早とちりだ。ちょっと考えてみればわかることだったのに、完全に思い込みで判断していたんだ。本当にすまない」

コーヒーカップを両手で持ち、心底申し訳なさそうな様子を見せる。

誤解が解けてほっとした。そもそも九條に女装でいいと言われた時点で自分が否定しておけば、こんなややこしいことにはならなかった。

「謝らなくていいよ。俺も悪かったから」

マグカップを手に取り、コーヒーに口をつける。少し濃いめになってしまったので、ミルクを足すかと腰《こし》を浮かせたとき、うっかりテーブルに膝《ひざ》が当たり、マグカップが倒れてしまった。

「うわっ」

即座に元に戻したが、テーブルの上にコーヒーが広がる。いち早く九條がティッシュで押さえてくれたおかげで、カーペットを汚さずにすんだ。

「ごめん。ありがとう」

粗忽《そこつ》な自分に呆れつつ、コーヒーまみれになったティッシュを手で丸める。膝立ちでこちらに寄ってきた九條が、馨の手を取った。

「火傷《やけど》、してない？」

案じる言葉とまなざしに、どきりとする。手を引いてから、笑い飛ばした。

「ぜんぜん平気。ていうか、男なんだから多少の火傷くらい、なんでもない」

男なのは当たり前なのになぜ男と強調してしまったのか、自分でも判然としなかった。なんとなく、としか言いようがない。

「少し赤くなっているから、冷やしたほうがいい」

九條に眉《まゆ》をひそめられると、なおさら狼狽《うろた》える。

「ほんとに大丈夫だから。こんなの舐《な》めときゃ治る」

口で言うと同時に、舌を出して実行する。

じっと見ていた九條が、なにを思ってかいきなり馨の両腕を摑《つか》んできた。息が触れ合うほどの距離に馨は息を吞む。

視線が絡み合ったままどれくらいたった頃か。何十分にも感じられたが、実際はほんの数秒ほどだっただろう、九條がふっと目を伏せる。

「どうしたらいいのか、自分でも困っている」

言葉どおりの表情を前にして、馨も困惑する。早く腕から手を離してくれないかと、そればかりが気になった。

「きみを見ると冷静ではいられなくなる。どうしてなのか自分でもよくわからなかったんだが、きみに避けられて気づいた。僕はどうやら――」

「ま、待って！」

厭《いや》な予感がして、慌てて止める。この先を聞いてしまったら、取り返しのつかないことになると本能で察したのだ。

何度も深呼吸をして、どうやって取り繕《つくろ》おうかと懸命に頭を巡らせるが、なにも浮かんでこない。摑まれている腕に意識が集中し、いますぐ振り払って走り出したい衝動に駆られた。

「そうだな。僕が想いを打ち明けたら、きみを悩ませるだけだな」

「……っ」

九條の手がやっと腕から離れた。しかし、告白も同然の言葉にかあっと顔や頭に血が上る。

「い、いまのは、もう言ったも同じことだから」

声高に責めると、そうかと九條がすまなそうに頭を掻《か》いた。

「すまない。うっかりしてしまった」

エリートだし、見た目も格好いいのに、女装が好きだと勘違いしたり、勝手にストールをプレゼントしてきたり、あげくうっかり告白してきたり——外見に似合わないどこか抜けたところは嫌いではなかった。むしろそれらは九條の魅力だとさえ思っている。

外見のまま、ただスマートなだけの男だったらよかったのに。そうすれば自分もあっさり一蹴《いっしゅう》できたのに。

「たぶん……俺が女装なんかしたせいで、九條さん、わからなくなってるんだよ」

きっとそうに決まっている。女装に免疫《めんえき》がなかったせいで、混乱してしまっているのだ。

「まあ、気持ちは理解できる。俺、可愛いからさ」

冗談ですませたくて、はっと笑い飛ばした。でなければ、とても九條と顔を合わせていられない。

だが、九條は馨の気持ちを察さず真顔のままだ。

「そうだろうか」

またじっと見つめられ、息苦しさを感じて身を引いた。どうして家に連れてきてしまったのかと後悔も湧《わ》く。

「でも、いまのきみを見ても鼓動《こどう》が速くなるんだ。女装していてもいなくても、少しも変わらない」

「い……いくら可愛かろうと、俺は男だから」

馨が困ると承知でなぜこんなことを言うのか、なにを考えているのかと九條に対して苛立ちが芽生える。結局、九條もいままでいた勘違い野郎と同じだというのだろうか。

こちらの心情を無視して迫ってくるなら、それこそストーカーだ。

「よくわかってる。だから、この仕事を終わりにしてもらおうと思っているんだ」

「……え」

馨にしてみれば、予想だにしていなかった展開だ。好きになったから仕事を終わりにするとは、どういう意味なのか。

「それじゃ、ストーカーはどうするんだよ。それとこれとは別だろ。俺は公私混同せずにちゃんとやりたい」

言外に失望したというニュアンスを込めると、九條が片笑んだ。ひどく苦い笑みに、はっとする。

「きみが正しい。でも、僕はきみへの気持ちを抑えられる自信がない。いまだって、本当は部屋に入らないほうがいいとわかっていたのに、知りたいという欲求に勝てなかった。そういうの、厭だろう。今日のうちに剣崎さんに連絡して、今回の依頼をこの時点で終了にしてもらうよう話すよ」

九條はすっかり気持ちを固めているようだ。すでに馨が口を挟む余地はない。

仕事を終わりにするということは、プライベートの連絡もし合わず、見知らぬ他人に戻ろうとでもいうのだろうか。

勝手なんだよ。

ぼそりと呟《つぶや》いた馨の声は、九條の耳には届かなかったようだ。いっそすっきりした表情で九條は一礼した。

「いままで愉《たの》しかった。ありがとう」

別れの言葉同然の一言に、自分の想像が当たっていたと知り愕然とする。いったいこれはどうなっているのか。どうして一方的に告白され、一方的にさよならを告げられなければならないのか。

「わかった。そういうことなら、これで」

九條を視線で玄関へと促す。もう会うこともないと、口ではなく態度で示した馨に、九條は黙ってリビングダイニングを出ていった。

それでもまだ心のどこかで、引き返してくるのではないか、謝罪してくるのではないかと考えていた。公私混同しないように努力すると言われたら、俺も仕事相手として接するからと返せばいい、と。

しかし、いくら待っても九條は戻ってこない。迷っているのだろうか。馨は玄関を覗《のぞ》いてみて、そこに誰もいないのを確認して唇を引き結んだ。

まさか本当に去っていくなんて――。

もう自分と会う気がないと、本気でそういうことらしい。

「べつに、俺はいいけど」

惚《ほ》れた相手に会えなくなって悲しい思いを味わうのは、九條のほうだ。馨自身は別の仕事をすればいいだけだし、女装をしなくてすむのだからむしろラッキーだと言える。

「さてと、予定外に早く自由になったから、漫画でも読むかな」

誰もいないのに声に出し、買って棚に差したままだったコミックスを手にする。ちょうど風呂上がりだし、眠くなったときはひと眠りすればいいと思い、ごろりとベッドに横になった。

ページを捲《めく》っていく。人気作の最新刊はちょうど物語が佳境にさしかかり、迫力のシーンの連続だった。

息を呑む展開に、馨といえば集中できずにただ上《うわ》っ面《つら》を眺《なが》めていくだけだ。次第にページを捲る手も止まり、仕方なくコミックスを放り出した。

「……なんだよ」

せっかく親しくなれると思った矢先に、こんなことになるとは想像もしていなかった。ストーカーは自分が追い払ってやると馨は息巻いていたし、その後も友だちづき合いができると疑っていなかったのだ。

「好き勝手言いやがって。というか、惚れた相手をあんなにあっさりあきらめられるもん？　普通はもっと粘るんじゃないのかよ。結局、それだけの気持ちだったんじゃねえの？」

なによりおかしいのは、振ったはずの自分が振られたような気分になっていることだ。これほどの理不尽はない。

「きっと仕事を取り上げられたからだ」

そうにちがいないと自身を納得させ、寝返りを打つ。

「夕飯、どうしよう」

九條と一緒に食べるつもりだったので、なにも考えていなかった。さっきまで感じていた空腹も、いまはなくなってしまった。

「なんで、あんなこと言うんだよ。せっかく友だちになれると思っていたのに」

なにもかも台無しだ。もっと悪態をついてやるべきだったと、いまになって九條に対する怒りが込み上げてくる。

電話して文句のひとつもぶつけてやろうか。

スマホに目をやったちょうどそのとき、剣崎から電話がかかってきた。

きっと九條の件だろうと思うと、出るのが躊躇《ためら》われたものの居留守を使ったところでしょうがない。渋々スマホを手に取る。

「お疲れ様です」

低いテンションで応じた馨に、剣崎の剣呑《けんのん》な声が聞こえてきた。

『てっきり和解するためだと思ったんだけどな』

馨自身、そのつもりだった。悪いのは九條だ。

が、詳細を説明するわけにもいかず、すみませんと不承不承謝罪する。

「九條さんが、俺をお気に召《め》さなかったみたいなんで、どうしようもないです」

虫垂炎で入院していた所員が明日から復帰するというが、彼女にバトンタッチするにしてもそう簡単ではないだろう。

恋人らしき女性が短期間で交代すればストーカーは不審に思うはずだし、わずかとはいえ危険が伴う以上病み上がりの仕事にはふさわしくない。

『俺は逆だって聞いたけど』

「逆？」

予想外の言葉に、眉根が寄る。いったい九條は剣崎になんと話したのか。

『おまえにひどいことをしたってさ。これ以上おまえに迷惑はかけられないから、今回の依頼はキャンセルさせてくれだと。まあ、全額支払ってもらったし、キャンセル料の上乗せもついたからうちとしてはなんら問題はないんだが。真面目《まじめ》なエリートだと思っていたらとんでもないいな。おまえ、なにされた？』

「…………」

九條が馨のことを悪く言うはずがないというのはわかっていた。無駄な金を使って、自分が悪者になって——本当にばかみたいだ。

「なにもされてません。単なる行き違いです」

告白されたから、とも言えず、曖昧な説明ではぐらかす。

剣崎は、ふ〜んと興味なさそうな声を聞かせた。

『俺はてっきり、九條さんがおまえを襲ったのかと思ったぞ』

「は？　そんなことあるわけないでしょう！」

事実無根、あまりの暴言に驚き、即座に否定する。九條に限って、馨の気持ちを無視して襲ってくるなんてあり得ない。

『なら、いい。もしそうなら慰謝料を請求する予定だった』

「絶対にないですから！」

強く念押しして、電話を終える。九條に対して、今度は別の意味で腹が立ってきた。

「なに馬鹿正直に説明してるんだよ。キャンセルする理由なんて、適当に嘘《うそ》つきゃいいだろ」

嘘をつかないところが九條だと承知で一言悪態をついた馨は、疲労感に襲われため息をこぼした。

「インスタントラーメンでも、食べるか」

ベッドから腰を上げ、キッチンに立つ。冷蔵庫を覗くと賞味期限を一日過ぎたレタスサラダがあったので、それを入れてラーメンを作った。

雑誌を鍋敷《なべし》き代わりにして、テーブルに鍋ごと運ぶ。インスタントラーメンと麦茶というなんとも味気ない夕食は、テレビを観る傍《かたわ》ら、ものの五分で終わった。

その後は次から次にチャンネルを替えてテレビを観ていたが、どれも頭には入ってこず、結局早めに寝ることにしてまたベッドに入った。


ぴたりと身体を密着させてきた女性が、自分を見てほほ笑みかける。馨の今日の仕事は、四十五歳の女性の年下彼氏として友人たちを羨《うらや》ましがらせることだった。

スーツを着ているのは、依頼主の要望だ。どうやら年下彼氏の職業は「外務省関係」と吹かしたらしい。

「で、彼女のどこがよかったのよ。お金？」

「それとも、お金？」

フレンチレストランのテーブル越しに質問してきたふたりの友人が、自分たちのジョークにどっと沸く。高らかな笑い声に、反射的に周囲の客に目線を送ってから、馨は作り笑顔を浮かべてみせた。

「なに言ってるのよ」

ねえ、と女性が熱い視線を送ってくる。自分の母親とそう変わらない年齢の女性にしなだれかかられるのは、考えていた以上に苦行だとその場になって痛感した。

「あ、はい。もちろんお金じゃないです」

同調した馨に、友人たちが疑わしげな表情をする。

「えー、じゃあ、なんなのよ。あなたみたいに若くてイケメンなら、他に可愛い子がいくらでも寄ってくるでしょ」

ここは決まり文句を言い放つ場面だ。馨は笑みを浮かべ、かぶりを振った。

「でも、僕は彼女がいいんです」

口にした途端、なぜか九條の顔が浮かぶ。馨にとって、もっとも紳士的な男だからかもしれない。

九條とは先週別れたきりだ。一週間、会うのはもとより電話もメールもしていない。当然九條からもなんの連絡もなかった。

きっとこのまま会わず、そのうちお互い忘れてしまうのだろう。

きゃーと黄色い声が上がり、頭の中から九條を追いやる。

「これで満足したでしょ。一回だけ会わせろってうるさいから連れてきたけど、もう二度とないから。彼、本来照れ屋でこういうの苦手なひとなの」

あらかじめ用意していた台詞《せりふ》で締めくくった依頼主から、ようやく解放の許可が出る。きっかり二時間だ。

「すみません。仕事が残っているので」

打ち合わせどおりに一礼した馨は、女性たちを残し、ひとりレストランをあとにした。

外へ出ると、首を回しながらネクタイを緩める。

この手の仕事は疲れるだけだ。老人の孫役のほうがよほど性に合っている。女装していたときもこれほどの疲労感はなかった。

一度は意識外に追い出した九條を、また思い出す。

あんなに堅苦しい性分で、よく疲れないものだと。

真面目な性格だからこそ、ストーカーと化した同僚に対して自ら非を悟ってくれると信じているのだろう。

腕時計で時刻を確認した馨は、事務所へ戻るために足早に駅へと向かう。街には夕闇《ゆうやみ》が迫り、あちこちに明かりが灯《とも》り始めていた。

駅まで来たとき、なぜそうなったのか自分でも判然としないまま、逆方向の電車に乗っていた。どうして、と自問しつつ十数分ほど揺られ、降りてからは人目を忍ぶように周囲に細心の注意を払いつつ、見知ったマンションの近くまでやってきた。

道路を隔てた場所にある外灯の陰から六階を見つめる。明かりがついていないところを見ると、まだ帰っていないようだ。

こんなところまで来て、いったいどうしようというのか。ストーカーになにかされていないかと、うっかり考えてしまったせいでよけいな真似《まね》をするはめになった。

帰ろう。

自分のくだらなさに舌打ちをした馨の視界に、ふと男の姿が入ってくる。マンションの前の植え込みの後ろに隠れるように立っている、中肉中背で黒いキャップに黒いジャケットを身に着けた男には見憶《みおぼ》えがあった。

あの男は、まさしくストーカーだ。

息を詰めた馨は、外灯に身を寄せて男を監視する。男は九條の帰りを待っているのか、しきりに前方を気にしていた。

今夜、なんらかの行動に出るつもりらしい。

そうはさせるか。

心中で吐き捨て、じっとその場で待機すること――十分。会社帰りのスーツ姿で、なにも知らない九條が戻ってきた。

身構え、ぐっとこぶしを握り締めて九條とストーカーを見据《みす》える。ふたりの距離が徐々に狭まり、いよいよ二メートルほどになったが、九條の位置からは男の姿は見えないようだ。

玄関まで来て、三段ほどある階段に足をかけたとき、ストーカーが行動に出た。植え込みの陰から飛び出し、九條と一メートルほどの距離で向き合った。

九條が動きを止める。直接やってきた事実に驚いているのかもしれない。どんな表情をしているのか、なにか話しているのか、馨のいる場所からでは窺えないのがもどかしかった。

しばらく男と話をしていた九條が、また動きだした。階段を上がってマンション内へと入ろうとした九條の腕をストーカーが掴み、引き留める。

これ以上我慢できない。陰で見ているだけではいられず、馨は駆け足で道路を横切った。

「九條さん！」

名前を呼ぶと、ふたりの視線がこちらへ向く。不審そうに眉をひそめた男に対して、九條は大きく両目を見開いた。

「馨、さん」

どうしてここにいるのかと疑問に思っているだろう。だが、いまはそれに答える余裕はなかった。

「そのひと、ですよね」

馨の問いかけに、九條は答えない。再度口を開いたが、馨が声を発する前に、男が割り込んできた。

「九條の知り合いか？　悪いが、込み入った話をしているから今日のところは帰ってくれないか」

盗人猛々《ぬすっとたけだけ》しいとはこのことだった。ストーカーの分際で、帰れとよく言えたものだ。

「帰るのは、あなたです。九條さんに付き纏《まと》ってるんでしょう。迷惑なんですよ。男なら、好きな相手が厭がることはしないものです」

びしっと言い放ってやった馨に、男の顔が見る間に強張る。

「どうして……おまえが……」

どうやら九條が馨に事情を話したと知って、ショックを受けているらしい。

いい気味だと、馨は胸を張った。

「本来なら警察に届けられても文句は言えない立場ですよ。九條さんの気持ちを――」

「馨さん」

言葉尻をさえぎり、九條が言葉を発する。

「なぜここに？　もしかして剣崎さんになにか言われた？　それなら、もう一度僕からちゃんと話そう」

てっきり九條もストーカーをぴしゃりと撥《は》ねつけるものだとばかり思っていたが、そうではなかった。

いま重要なのはそちらではなく、九條自身に降りかかっているトラブルだ。馨の心配をしている場合ではない。

「そんなんじゃない」

「でも、それならどうして——」

当然の質問に、一瞬、口ごもる。

自分でもなぜ来たのか理由がはっきりしないのだから、九條に説明できるわけがなかった。

ただどうしても気になって足が向いただけだ。

咳払《せきばら》いをした馨は、男を一瞥《いちべつ》した。

「俺のことはあとにして、先にこのひとと決着つけたほうがいい」

男も馨を睨んでくる。いまのやりとりで九條と自分が親しい間柄と判断したのか、男の、馨を見てくる目つきがいっそう険しくなった。

「……そうだな」

たったいま男の存在を思い出したとばかりに、迷いつつ承知した九條は、マンションの裏手を指で示した。

「とりあえず場所を変えよう」

確かに往来でできる話ではなかった。先に歩きだした九條のあとに馨も続く。やや距離を置いて男もついてきて、三人でマンションの向こうにある公園へと移動した。

子どもはみな帰宅したあとなのか、幸いにも公園内にひとの姿はない。

ブランコと砂場、ベンチがひとつあるだけのこぢんまりとした公園で、男三人で向かい合う。男は馨がいることを不満に思っているようだが、元恋人役なのだからまったくの無関係ではないはず、と自身を納得させて留《とど》まった。

「彼には帰ってもらってくれ」

口火を切ったのは男だった。やはり馨がついてきたことに合点《がてん》がいかないのか、追い払えと目線で九條に訴える。

「彼はいいんだ。ここにいてもらう」

九條が断言する。

頼もしい一言に勇気づけられた馨に反して、まだ男は明らかに納得がいかない様子だった。

「いったい、誰なんだ」

吐き捨てるような質問にも、九條はいっさい迷わない。

「堀川《ほりかわ》も何度か見かけただろう。女性の格好をしていたけど、馨さんは男なんだ。僕の頼みで恋――」

「人です。恋人なんです」

恋人役と言われる前に、馨が割り込んだ。九條は微《かす》かに眉根を寄せただけで、言い直すことはなかった。

「……嘘つけ」

堀川と呼ばれた男が、はっと笑い飛ばす。

「そんな嘘、信じるものか。おまえ、ゲイじゃないって言ってただろう」

実際は笑っているというより、頬がひくひくと痙攣《けいれん》しているにすぎなかった。それだけ堀川は平静ではないのだ。

九條がどう答えるのか不安はあったものの、期待以上だった。

「ああ、ゲイじゃない。馨さんは特別だ」

たとえ堀川を追い払うためであっても、特別という一言に鼓動が跳ね上がる。九條が嘘やごまかしを言う人間ではないと知っているからだ。

「だから、何度来られても僕は同じ返答をする。堀川には、元同僚という気持ち以上のものは持てない。あきらめてくれ」

幾度となくくり返してきたであろう拒絶の言葉を、九條は男にぶつける。こういうときでもまっすぐ相手の目を見て、わずかな躊躇《ちゅうちょ》も見せない。

そんな九條を前にして、馨も自然に心が落ち着いていった。

「俺も同じ。九條さんだから特別。だから、これ以上九條さんに付き纏うのはやめてください。好きなひとが困っている姿を見たくない。我慢も限界です」

「……馨さん」

九條の目が自分を捉える。

熱い視線を感じて、大きく胸が喘《あえ》いだ。いったい自分はなにを語っているのだ、恋人のふりにしてもやりすぎだろう、そう頭では思っていても撤回する気はなかった。

「とにかく、今日で終わりにしてください！」

強い口調で言い放った、その直後、堀川がジャケットのポケットに手を入れた。光る切っ先が見え、馨はぎょっとする。

まさか、振られた腹いせに強行策に出るつもりか。

「させるかっ」

馨は堀川の動きを封じようと反射的に身を乗り出し、勢いよく飛びかかった。

「なにを……」

堀川が抵抗する。

「馨さん！」

すぐさま九條が引き離そうとしてくれたが、なんとかナイフを奪い取りたい一心で九條の手も振り払った。

「こいつ……ナイフ出そうとした！」

「は、なに言ってるんだ」

「しらばっくれんな」

九條の制止を無視して、堀川と馨、ふたりとも興奮状態で揉み合う。衣服が砂で汚れるのも、堀川のこぶしや肘《ひじ》が当たるのも気にならない。

「俺が出そうとしたのは、これだよっ」

堀川が右手を振り上げる。

「おまえ——」

その手を摑んで奪い取ろうとすると、堀川は馨を振り切って逃げ出した。しかし、勢い余って傍《そば》にいた九條にぶつかり、尻もちをつく。より被害が大きかったのは、堀川に弾《はじ》き飛ばされた九條のほうだった。

「大丈夫？　あ——」

九條を見て、馨は声を上げる。

堀川は顔色を一変させた。それもそのはず、九條の左目尻が切れ、血が滲《にじ》んでいる。ぶつかった際にきっとナイフが当たったのだろう。あと一センチずれていたら眼球に刺さっていたかもしれない、そう思うと背筋が冷たくなった。

「九條さん！」

目尻を指で押さえた九條を前に、さらに頭に血が上る。

「おまえのせいでっ」

ふたたび摑みかかろうとした馨だが、制したのは九條自身だった。

「なんでっ」

身体に回った九條の腕を振り解《ほど》こうと、左右に身動《みじろ》ぎする。

「馨さん、もういい。僕は平気だし、彼が出したのはペーパーナイフだから」

「でもっ」

九條は離すどころか、なおさら腕の力を強めた。

「……ペーパー、ナイフって」

ナイフはナイフだと反論しようとした馨に、九條が頷く。

「なくしたと思っていたが、おまえが持っていたのか」

そして、堀川にはため息混じりの言葉を発した。

九條に背後から抱き留められた姿勢で、興奮のおさまらないまま視線を地面へと向ける。

外灯に反射しているのは、十五センチ足らずの銀色の細い物体だ。おそらく真鍮《しんちゅう》製だろう、絵の部分にはクラシカルなデザインの装飾が施され、一見してアンティークっぽい。

確かにペーパーナイフだ。

言葉から察するに、九條のペーパーナイフを堀川がこっそりとった物のようだ。

「これだって武器になる。ていうか、武器にするために持ってきたんだろ！」

どうしても許せず青褪《あおざ》めている堀川を責めるが、九條を傷つけたことでさすがに戦意を失ったのか、彼は茫然《ぼうぜん》と立ち尽くしていた。

「……ちがう。そんなつもりじゃなかった。俺はただ、これを返そうと思って……」

ストーカーの言葉など信じられるわけがない。

「九條さん、大丈夫？」

肩越しに九條を案じる。

「大丈夫」

と返ってきたものの、どこか様子がおかしい。馨を解放した九條が右足を庇《かば》っているのは、傍目《はため》から見ても明らかだった。

「足、痛めたんだ？」

「軽く捻《ひね》っただけだ」

「軽くって、そんなのわからないだろ。ひどくなったらどうするんだよ」

わざと声高に言ったのは、もちろん堀川に聞かせるためだ。堀川も心配そうに九條を覗き込んだが、馨は無視して九條に手を差し伸べた。

「俺に体重かけていいよ。帰ろう」

九條をマンションのほうへと促す。

「待ってくれ。まだ話は終わっていない」

しかし、性懲《しょうこ》りもなく堀川は九條を引き止めにかかる。ストーキングするだけあってしつこい男だ。

「俺は、本当にこれを返したくて来たんだ。おまえに彼女ができたと知って、今度こそあきらめるつもりだった。けど……男だったんだな。まさかおまえが男を好きになるとは思わなかった」

この期《ご》に及んでまだ食い下がる堀川に、九條は静かにかぶりを振った。

「言ったはずだ。馨さんは特別だと。他の男には、もちろんおまえにもそんな感情は持てない。わかっているだろう」

ああ、と堀川が視線を落とす。

「わかってる。でも、せめて友人づき合いは再開してくれないか。俺の気持ちも、少しは察してくれてもいいんじゃないか」

「あんた……」

あまりに図々《ずうずう》しい申し出に、馨はかっとして足を踏み出す。すぐにまた九條に腕一本で止められた。

「無理だ。友人と恋人はちがう。一度でも恋愛感情が介在した相手と友人関係には戻れない。逆もそうだ。僕は、友人になった相手に恋愛感情を持つことはない」

最後《さいご》通牒《つうちょう》も同然の一言に、堀川は二の句を失う。大きく深呼吸をしたかと思うと、あからさまにがくりと肩を落とした。

「これは、返してもらうよ」

ペーパーナイフを拾った九條は、その一言を最後に堀川に背を向ける。九條が考えを撤回する気はないと悟ったのだろう、それ以上堀川は引き止めてこなかった。

「すまない。きみを巻き込んでしまった」

そう言うが早いか、馨の手を断る。足を引きずっているくせに、支えさせてもくれない。

「俺が付き添うし……病院に、行ったほうがいい」

先に歩いていく九條の背中を追いかけながら、さっき聞いた言葉を脳裏《のうり》で反芻《はんすう》する。恋愛感情のある相手とは友人になれない、友人になった相手に恋愛感情は抱けない。あれはもしかして、自分にも当てはまるのではないだろうか。

もしかして、九條は故意に馨に聞かせた？

いや、きっとそうに決まっている。だからこそ馨に電話一本くれなかったのだ。そう思うと胸の奥がずきりと痛んだ。

「軽く捻っただけだから、大丈夫。でも、そうだな。明日も痛んだら病院に行くよ」

肩越しに笑みを向けられ、痛みが強くなる。

俺とはもう顔も合わせたくない？

喉《のど》まで出かけた問いをなんとか呑み込んだ。

「――じゃあ、ドラッグストアで湿布を買ってくる。傷の手当てもしないと。九条さんは、部屋で待ってて」

あえて明るい口調で言い、公園を出たその足で向かおうとしたそのとき、九条に引き止められた。九条は馨に向き直ると、目を細めた。

「ありがとう。湿布は弟に買ってきてもらうから」

「え……でも」

ここにいるのは自分だ。わざわざ弟を呼び出さなくても、自分が買ってきたほうが早い。

「本当に大丈夫だ」

優しいまなざしとは裏腹で、断固とした拒絶を感じて一歩も動けなくなる。馨の手は不要だと、九条は言っているのか。

「それじゃあ、気をつけて帰って」

たったそれだけであっさり去っていく九条の心理がまるで理解できない。つい先日自分に告白してきた男は別人ではないかと疑うほどだ。

立ち尽くした馨は、唇を歪《ゆが》めた。

こんなのは理不尽だ。

恋愛感情がどうの友情がどうのと言ったところでそれは九条の言い分でしかなくて、自分のものではない。

馨自身は、友情と恋愛の両立はあると思っている。長い間友人同士だったのに、些細なきっかけで恋人に変わる、なんてケースは世の中にはごろごろしている。

そもそもどうして自分のほうが、こんな見捨てられたような気持ちにならなくちゃならないのか。

一度は駅に向かって歩き出した馨だったが、くるりと向きを変えた。

こんな気持ちで家に帰ったところで、気になって気になって悶々《もんもん》とするのは目に見えている。それなら、手っ取り早く本人に疑問をぶつけるのが一番だ。

ドラッグストアへと行先を変え、湿布を購入してから九條のマンションへ引き返す。

マンションの入り口で部屋番号を押すと、九條の声が返ってきた。

「俺。馨」

一拍間が空く。

『どうしたんだ』

こっちの台詞だ。九條は馨を切ったつもりだとしても、自分にその気はない。九條に合わせる気もなかった。

「入れてくれない？　湿布買ってきた」

『――馨さん』

九條の戸惑いがインターホン越しにも伝わってきた。が、ここで退くくらいなら、引き返してはこない。

「早く開けて」

馨の催促に、なおも迷っているのか九條は沈黙したままだ。構わず馨は、脅し文句を口にした。

「開けてくれなかったら、ここに居座るから」

脅しが駄目だったときは、情に訴える予定だった。意地になっているという自覚はあるものの、この件に関してはどうしても納得できない。

『しかし……』

なおも渋る九條に少なからず傷つき、苛立ち始めた頃、

「あんた」

雅紀《まさき》がやってきた。さすがブラコン、九條からの連絡に飛んできたようだ。手にはちゃんとドラッグストアの袋があった。

「あんたもいたんだ。けど、俺が来たからもう帰っていいよ」

雅紀はそう言い、

「兄さん、俺」

九條に来訪を告げる。馨のときは頑《かたく》なに閉じていたガラス扉は、弟が来た途端いとも容易《たやす》く開き、覚えず舌打ちが出る。

「ついてくるのかよ」

エレベーター内では端と端に陣取り、無言で六階に向かう。そのまま九條の部屋まで行き、雅紀がインターホンを押した。

「……馨さん」

ややあってドアが開き、馨の顔を見た九條はここでも困惑を隠そうとしなかった。普段冷静な九條だけに、あえてそうしているとしか思えない。

「兄さん！」

雅紀は靴を脱ぐや否や、兄の身体を案じて表情を曇らせる。

「足捻ったって……なんで？　顔にも傷があるじゃん！　なにがあったんだよ」

捻挫《ねんざ》や切り傷でこれほど大騒ぎするのだ。男にストーカーされていたと知ったらどれほど取り乱すか。

しかし、今回ばかりは雅紀を嗤《わら》えない。馨にしても、拒絶されたにも拘《かかわ》らず強引に部屋に上がり込んでしまった。

「あの、……湿布」

九條に差し出そうとしたが、雅紀のほうが素早かった。

「兄さんは座って」

九條をソファに座らせると、患部に湿布を貼り、目尻の傷の処置をし、てきぱきと動き始める。

「これ、野菜炒め？　――と、鯖《さば》の煮つけ？」

シンクに並べられている材料で的確に判断し、料理に取り掛かる。九條家のＤＮＡが優れているのか、それとも父子家庭で育ったためか、雅紀も兄同様に家事に長《た》けているらしい。

「え……っと、じゃあ、俺はお風呂入れてこようか？」

せめてそれくらいはと思い、申し出たが、雅紀に鼻で笑われた。

「捻挫したばかりで、風呂に入らせる気？」

そうだったとすぐに自分のミスを悟ったものの、弟に負けたような気がして素直に非を認められない。勝ち負けではないとわかっているのに、次の提案をした。

「じゃあ、身体拭こうか」

それならできると早速行動に移そうとした途端、今度は九條本人から横やりが入った。

「それは、雅紀に頼むよ」

口調こそやわらかいとはいえ、唯一できそうなことまで取り上げられる。

「俺にやらせて」

ショックを隠し、懸命に食い下がってみても九條の答えは変わらなかった。

「すまないが」

「…………」

ここにおまえの居場所はない。そう言われているような気がした。いや、きっとそうなのだ。

くすりと雅紀が笑う声が聞こえては、なおさらだった。

「あ……そっか。そうだね」

引き攣りそうになる頬を懸命に宥《なだ》めながら、できる限り軽い調子で肩をすくめた。

「弟がいるのに、俺がでしゃばる必要はないよな。じゃ、兄弟仲良くな」

右手を上げ、すぐさまリビングダイニングを出て、九條のマンションをあとにする。もちろん引き止められない。

足早に駅へ向かいながら、きつく唇に歯を立てた。おとなしく家に帰っておけばよかったと悔やんだところで手遅れだ。

どうせ自分は顔がいいだけの男だ。いくら女装が似合おうと、日常生活ではなんの役にも立たない。

自分がいなくても九條はなにも困らないのだ。それどころか、いてほしくないと言われたも同然だった。

いま頃九條は、告白した事実を消したいと思っているだろう。

ずきずきと痛む胸に手をやったが、少しもおさまってはくれなかった。

5

翌日になっても、九條からはなんの連絡もなかった。普通に考えれば好きな相手にとる態度ではないが、好きでなくなったのなら当たり前に思えた。

九條にとって自分は恋人でも友人でもない、無関係な人間になったのだ。

それならそれでいい。馨にしても、九條に告白されて困っていたのだから、むしろこうなってよかった。

「や〜、さすがだよなあ。若い女性の恋人役は八割方俺指名だったのに、馨ちゃんが来てからずいぶんと楽になったよ」

労《ねぎら》いだと、牧瀬に居酒屋に誘われた。好きで請け負っているわけではないので奢《おご》ってもらう謂《いわ》れはなかったものの、気晴らしになるかと承知した。

普段はあまり飲まないビールをジョッキで二杯飲んでも、胸のもやもやは残ったままだ。澱《おり》のごとく沈殿していて、時折、勝手にぐるぐると攪拌《かくはん》される。

九條のことを思い出したときに、だ。

「真面目な話、馨ちゃん、評判いいんだ。リピーターも多いし。剣崎さんも、『葉山が来てくれてよかった』って褒めてたよ」

いつもの馨なら、手放しの賛辞を受けて鼻高々になっていただろう。当然です、と自画自賛したかもしれない。しかし、いまの馨は自分の無能さを痛感している。

怪我《けが》をしたひとがいても役立たずだ。料理どころか、身体を拭いてあげることもできなかった。

「……どうも」

ぼそりと返すと、牧瀬が苦笑する。

「おいおい、テンション低いな。最初の頃の馨ちゃんはどうしたんだ？　なにかあったんだろう？　ほら、兄さんに話してみな」

どうやらこれがメインのようだ。話を聞いてこいと、剣崎に命じられたのかもしれない。

「べつに、なにもないっすよ」

一言返し、ぐっとビールを呷《あお》る。アルコールのせいで鳩尾《みぞおち》が熱くなり、頭がぼうっとしてきた。

「ていうか、牧瀬さんだって腹の中はちがうんじゃないですか？　仕事取られて、俺のこと不愉快に思ってたりして。リピーターが多いっていうのも、俺の仕事ぶりっていうよりどうせ見た目のせいでしょ」

口にする端から自己嫌悪に陥る。こんな情けない愚痴、他人に聞かせるなんてどうかしている。

「いまの、なしでお願いします」

即座に打ち消したものの、いったん口から出した言葉を都合よく消せるなんて思っていなかった。小さく舌打ちをした馨に、牧瀬がふっと頰を緩める。

「馨ちゃん、意外に繊細だよな。それだけの容姿なら、もっと自信家でもいいはずなのに」

「どういう意味ですか」

ばかにされたような気がして、牧瀬を見据える。

牧瀬は両手を上げ、降参してみせた。

「他意はない。そのままの意味。言っておくけど、見た目だけの魅力ならひとは慣れる。他にいいところがあるから、みなが馨ちゃんを指名するんだ」

チャラいイメージの牧瀬にしては、誠実な台詞だ。牧瀬の場合は顔立ちのせいというより、多分に服装や雰囲気のせいだった。

今日も派手な柄シャツにレザーパンツを穿《は》いている。

「……充成さんみたいなこと言う」

口にしてから、はっとして唇を結ぶ。ここで九條の名前を出すなんて、どうかしているとしか思えない。

「充成さん？　って、確か九條さんだっけ？」

聞き流してくれることを祈っていたが、そううまくはいかなかった。牧瀬は唐揚《からあ》げを箸《はし》で抓《つま》み上げ、さりげなく切り出してきた。

「馨ちゃんがそんな顔してるのは、その九條さんに関係してるんだろ？　話せる範囲で、話してみろって。町田も気にしてたぞ。急にキャンセルが入ったから、なにかあったのかって。まあ、町田の場合は主にシモ関係の想像ばかりしてたけど」

冗談だとわかっていても、軽く流せない。癇《かん》に障《さわ》り、ついむきになって否定してしまう。

「そんなことあるわけないでしょう！　九條さんに失礼です」

牧瀬はすぐに謝ってくれたが、厭な気分になった。一方で、どこか飄々《ひょうひょう》とした雰囲気のせいか、牧瀬に対してはつい口が滑る。

「そもそも俺、男同士で恋愛とか、無理ですから。学生時代に、どれだけ恐ろしい目に遭ったか」

洒落《しゃれ》ではすまされなかった。思い出しただけで背筋に怖気《おぞけ》が走る。ゲイに対して過敏になったのは、多分に過去が尾を引いているせいだ。

「そりゃしょうがないよな。誰でも厭な目に遭えば、嫌悪感を抱くもんだ。九條さんに拒否反応が出るのは当然だよ。ああ、九條さんが馨ちゃんに迫ったとしたらって前提だけど」

肩をすくめてみせた牧瀬を、馨はきっと睨む。

「迫られてないですし、だいたい、過去の奴《やつ》らと九條さんはちがいます」

まるで的外れな指摘に、不快感すら覚えた。

「つき合えないって点ではどっちも同じだろ？」

たった一言で牧瀬は片づけようとするが、これも同意できない。そう簡単ではないからもやもやとしているのだ。

「牧瀬さんが羨ましい。ほんと、単純明快ですよね」

「ばかだなあ」

ビールをぐいと呷り、牧瀬がくくと喉を鳴らした。

「恋愛なんて、単純でいいんだよ。難しく考えたって、ろくなことはない。ようは好きか嫌いか。寝たいか寝たくないか、それだけだ」

「………」

確かに、牧瀬の言うことは一理あるかもしれない。が、もやもやは増すばかりで、以降は話す気になれず、ちびちびとジョッキを傾けていた。

三杯目を空にしたところで、そろそろ帰ろうと腰を浮かせたときだ。

「あんた」

頭上から声がして、馨は顔を上げた。

そこにいたのは、まさかこんなところで会うなんて想像もしていなかった相手だった。

「弟」

友人だろう青年と一緒にいるのは、雅紀だ。いま頃嬉々《きき》として九條の世話を焼いているはずの雅紀が、なぜ居酒屋にいるのか。

「……なんで」

「俺は、友だちがここでバイトしてるから」

「大事なお兄さんを放って、こんなところで油を売っていていいのか?」

多少嫌みっぽくなるのは致し方ない。てっきり勝ち誇った顔をされるだろうと身構えたのに、意外にも雅紀は鼻に皺《しわ》を寄せた。

「あんたが帰ったあと、俺もすぐ追い出された」

しかも、この台詞だ。不自由しているはずの九條が、なぜ雅紀を帰したのだろう。

「昔からそうだ。兄さんは……俺には頼ってくれなかった」

ずっと心にためてきたとわかる一言を聞いて、このブラコンめと思う半面、同情心も湧いてくる。

雅紀も九條に振り回されてきたにちがいなかった。九條の場合、本人が無自覚だから始末が悪い。

「俺も同じだから、わかるよ。あっちから告白してきたくせに、いまじゃ忘れたみたいで、まるで俺のほうが気があるみたいになってる」

自覚している以上に酔っているらしい。うっかり口を滑らせた馨に、雅紀が眦《まなじり》を吊り上げた。

「は？　妙な言いがかりをつけるんじゃねえ。おまえが変態だからって、俺の兄さんまで巻き込むな」

弟なら当然の怒りをぶつけられ、反論を呑み込む。いまのは失言だし、馨にしてもこれ以上の醜態をさらすつもりはなかった。

だが、雅紀の勢いは止まらない。一応他の客を慮《おもんばか》って声量は抑えているようだが、隣にいる友人の存在はすっかり忘れている。

「兄さんが話してくれたよ。あんたの女装は、仕事でしょうがなくだったたって。その仕事も終わったんなら、もうあんたとはなんの関係もないってことだ」

さすがにストーカーの話を打ち明けないわけにはいかなかったか。それはそうだ。ブラコンの雅紀のことだから、馨や怪我の経緯に関してしつこく問い質《ただ》したにちがいない。

「——そう。なんでもない。だから、いまのは冗談だって」

告白されたのは事実、かどうかもいまとなっては判然としなくなった。もしかしたら夢を見ただけかもしれない。

半笑いでごまかしたものの、雅紀はまだ納得できないようだ。いきなり馨の腕を摑んできたかと思うと、ぐいと引っ張った。

「兄さんのところに行って、白黒はっきりさせよう」

面食らう友人をそっちのけで馨を外へと促す。馨にしても、いっそすっきりしたいという気持ちはあるものの、今日まで実行する勇気はなかった。

牧瀬はノータッチを決め込むつもりのようだ。軽く頷いた牧瀬に、馨は雅紀と一緒に九條に会いにいこうと決める。

ここで雅紀と揉めたくなかったから、というより九條に関してはいまだ引きずっていたので、馨自身白黒つけたかったのだ。

「わかった」

腹を括《くく》り、雅紀とともに九條のマンションを目指す。到着するまでの数十分間一言も話さずにいたせいか、マンションの前まで来たときには戸惑いも消えていて、なにもかも九條のせいだと息巻いて部屋番号を押した。

『なにか、あったのか』

ふたりでやってきたことに九條は少なからず困惑している様子だ。

「はっきりさせにきた」

馨の返答には、なにを、と当事者らしからぬ答えが返る。あんな別れ方をしておいて平然としている九條が憎らしくさえなってきた。

「とにかく、開けて」

せっつく雅紀に、やっと開錠される。ふたりして六階に上がると、九條はすでにドアの前で待っていた。

「ふたりで——どうしたんだ」

九條の疑問に答えるだけの余裕が馨にはなかった。

雅紀も同様なのか、室内に入ると直球で核心に触れた。

「この前、こいつとは仕事上のつき合いだって話してくれただろ。だから、兄さんは、こいつのことなんとも思ってないいんだよな」

馨が知りたいのもまさにそれだ。一度好きになった相手を、脈がないからといって簡単にあきらめられるものだろうか。どうにか会う努力をして、少しでもアピールするのが普通では？

ストーカー行為はいただけないものの、いまとなっては堀川の心情のほうがよほど理解できる気すらした。

「それをおまえに答える理由はないし、馨さんに対して『こいつ』なんて呼び方をするな」

九條にしては厳しい口調で窘《たしな》める。しかし、わざわざ足を運んできたのだから雅紀も負けてはいない。

「俺にはなくても、こい……このひとにははっきり言ってやるべきじゃないの？　じゃなきゃ、あることないこと吹聴《ふいちょう》される」

「俺がいつなにを吹聴したよ」

とんだ濡《ぬ》れ衣《ぎぬ》を着せられて、雅紀に嚙みつく。

雅紀がきっと睨みつけてきた。

「さっきだよ。兄さんに告白されたって言っただろ」

「それは……っ」

馨のミスだ。ずっともやもやして気持ちが晴れなかったし、酔いも手伝ってついぽろりと漏《も》らしてしまった。

「だから、冗談だって言っただろ」

雅紀に向かってへらりと笑う。が、雅紀も、もちろん九條もにこりともしてくれず、馨だけが空回りし、よけいに気まずい雰囲気になった。

「雅紀」

九條が疲れた仕種《しぐさ》で前髪を掻き上げた。

「馨さんと仕事上のつき合いというのは事実だ。この前話したとおり、僕がストーキングされたときに依頼した会社の所員さんで、女性では危険かもしれないから、彼に女装してもらった。それから」

一度そこで言葉を切ったあと、また口を開く。

「馨さんに告白したというのも本当だ。そして、振られた。馨さんは嘘をついていないし、冗談でもない」

九條の言葉にショックを受けたのだろう、雅紀が唾《つば》を嚥下《えんか》する音がした。

だが、馨も同じだ。ある意味雅紀以上の衝撃を受けている。まさか九條が雅紀に言うとは思ってもいなかった。

「……兄さんが……男に、告白……」

現実から逃げ出すためか、ふらりと雅紀が部屋を出ていく。ドアが閉まり、ふたりきりになった途端身体に力が入った。

なにから話していいかわからない。白黒つけるためにやってきたとはいえ、はっきりさせてどうしたかったのか自分でも曖昧になっていた。

「あ……元気だった？」

仕方なく、どうでもいいことを問う。

「俺は結構忙しかった。結婚式の親族になって盛り上げたり、年下の可愛い彼氏になったり、公民館の草取りをしたり、って、それは先週のことか」

先に自分の近況を語ってみせたのは特に意味があったわけではなく、単なる間持たせだった。話がないなら帰ればいいのに、無駄話をしてまで自分はここに留まりたいらしい。

なぜか、なんてわからない。ただ、このまま一方的に終わりにされるのはやっぱり理不尽だと思うし、厭だった。

「あのさ。考えたんだけど、俺たち、友だちづき合いを続けない？　九條さんとは気が合うし、映画とか行ったの、俺、すごく愉しかったんだけど」

やはり九條から笑みは返らない。その表情から、馨の存在に九條が困惑しているのだと伝わってくる。

「……馨さん」

名前を呼んでくる声音にも、戸惑いが滲んでいた。

自分は困らせるだけの人間か。

情けなくなった馨は、唇に歯を立てた。

「……わかった。もういい。そうやって俺の気持ちを無視すればいいだろ。俺がこんなに悩んでるの、充成さんのせいだからな。なに勝手に答えを出してんだよ。なんでふたりで悩もうって言ってくれないんだよ。一度でも恋愛感情を抱いた相手とは友だちになれない？ 友だちと恋人は別？ 世の中には友だちから恋人に進展したケースはごまんとあるんだよ。友だちから始めましょうって、よく聞くだろ！ そういうのも認めないって？ なにが悪いんだ。友だちから始めればいいいじゃないか」

ひどく興奮してきて、語調が荒くなる。九條を責めるつもりはなかったのに、結果的にそうなってしまった。

「……帰る」

頭に血が上った状態ではまともな話ができるわけがない。馨は、リビングダイニングを出ようとドアノブに手を伸ばす。

「馨さん」

ドアを開ける前に、九條に呼び止められた。

自分を無視するような男に応える必要なんてない、そう思いながら足を止める。結局、自分は九條との関係を完全に絶ってしまうのが厭なのだろう。

「馨さんの言うとおりだ。僕が頑なだったのかもしれない。でも、いまの言い方だと、僕に都合よく聞こえる」

九條のそう思うのも無理はない。馨自身、期待を持たせる言い方をしたという自覚がある。ちがうと否定すればいいだけなのに、そうしたらこれで終わってしまうという強迫観念めいた心境に陥り、なにも言えずに唇を引き結ぶ。

「僕が友人と恋愛できないというのは本当だったんだが、それ以上に、きみが気持ち悪いだろうと思って距離を置いたんだ。気のない相手に付き纏われて平然としていられる人間はいない。不快だろう。それをわかって傍にいたら、僕こそストーカーになってしまう」

やっぱり九條は勝手だ。気持ち悪い、不快と勝手に決めつけている。

「俺が、いつ気持ち悪いって言った？」

困るとは言った。困ると不快じゃ、まるで意味がちがう。

「そんな言い方をされると僕は期待する。期待してもいいんだろうか」

「…………」

された当然の質問に口ごもり、答え淀《よど》む。ここで頷いてしまえば、自分が九條の気持ちに応える可能性があると認めるも同然だ。

ゲイではない自分に果たしてそこまでの覚悟があるのか。いくら考えたところで、いまはまだ明確な答えは出せない。学生時代の苦い経験も頭にこびりついている。

でも、そいつらと九條がちがうのも事実だ。

——好きか嫌いか、寝たいか寝たくないか。

さんざん考え、迷ったもののやはり結論には辿り着けず、馨は貼りついてしまったようになっていた唇をなんとか動かした。

「……友だちから、お願いします」

ずるいと承知でそう返した途端、九條の表情が一変した。

「それは、僕に可能性があるということ？」

期待に満ちた双眸《そうぼう》で問われ、妙に気恥ずかしくなってくる。

「可能性っていうか、ゼロじゃないってだけだから」

そっけなく返した途端、いきなり九條の両腕が伸びてきた。息苦しいほどきつく抱き締めたかと思うと、昂揚《こうよう》した声を聞かせる。

「信じられない」

きっとその言葉に嘘はないのだ。密着した胸から伝わってくる鼓動が、それを証明してい

る。

いや、自分も同じだった。抱き締められて不快になるどころか、さっきから心臓はどくどくとやけに速いリズムを刻んでいる。

「……九條さん、痛い」

戸惑いもあって、ぐいと九條を押し返した。

「すまない」

すぐに解放してくれたが、どういうわけか恥ずかしさも動悸《どうき》もそのまま残る。九條の顔がわずかながら紅潮しているせいかもしれない。きっと九條の昂揚が伝染したのだ。

「ありがとう。本当に嬉《うれ》しい」

ここで礼を言ってくるところが九條らしい。

「きみに好きになってもらえるよう、努力するよ」

これもそうだ。

少しはにかんだ笑顔が妙に可愛らしく見え、好きな相手にはこんな無防備な笑顔を向けると、九條の新たな一面を知った馨も、いっそうどきどきしてきた。

ひとつ咳払いをした馨は、早速、自分の先行きに自信を失う。九條に努力されたら、勝てる気がしないのだから不安になるのも致し方ない。

もし自分がゲイになったなら、ＫＲＦの所員はもとより友人たちや過去の彼女たちも驚愕するにちがいない。なかでも驚くのは両親だろう。

この先の人生が大きく変わってしまうのだから。

いや、まだ決めるのは早い。友人同士のままということも十分あり得る。

でも、万が一ゲイになったら、そのときはそのとき。運命だったとあきらめよう。そう思うほどには九條に好意を抱いているのも事実だった。

馨は、開き直ることで九條とのつき合いを再開したのだ。


「なんだか、最近調子がよさそうだな」

デスクに頬杖《ほおづえ》をついた牧瀬がしみじみと口にする。報告書を書いていた馨が顔を上げると目が合ったので、どうやら自分のことを言っているようだ。

「俺、ですか？　まあ、仕事に慣れてきたんで」

実際、当初の戸惑いはほとんどなくなっていた。孫役も恋人役もそれなりにうまくこなしている。うまくこなしすぎて、先日はゲイの依頼主に告白されたくらいだ——もちろん丁重にお断りした——会社が倒産して途方に暮れていた時分からすれば順調も順調、なんの不満もなかった。

最近では、文具メーカーの営業よりこっちの仕事のほうが向いているような気すらしているほどだ。

「それが理由かなあ。もしかして、恋人でもできたんじゃない？」

すかさず牧瀬が切り返してくる。にやにやしつつ意味深な視線を流され、わざとそっけない態度で応じた。

「できてません。たとえできたとしても、牧瀬さんには言いませんから」

嘘ではない。九條とはまだ友人のままだ。

「葉山って、すごくモテるけど、じつはモテないでしょ」

理解不明な言葉でさりげなく落とされて、町田を睨む。町田は客が途切れたのをいいことにさっきから応接ソファに陣取り、爪《つめ》の手入れに余念がない。

めずらしく所員のほとんどが暇なのか、冬馬と剣崎以外、みなが顔を揃《そろ》えていた。

「どういう意味ですか？　俺、はっきり言って男女ともにモテますけど」

女子同士が自分の取り合いで喧嘩《けんか》になったり、男につき合ってほしいと土下座されたり、恵まれた容姿のせいで、普通の人間なら経験しなくてすむような経験を数々してきた。

「そういうところがモテないって言ってるの。最初はみんな見た目に騙《だま》されて寄ってくるでしょうけど、つき合ってみたら案外つまんなかったって振られたこと、あるでしょ？」

「…………」

痛いところを突かれ、馨は押し黙る。まさにそこがウィークポイントだ。過去につき合った女性たちはみな、「私に馨くんはもったいない」という言葉とともに去っていった。理由がわからなかっただけに、対策のしようがないのだ。

「いっそ、なんでも許してくれる男とくっついたほうがいいんじゃないの～？」

本気とも冗談とも取れる町田の言葉に、牧瀬が賛同する。牧瀬は煙草《たばこ》を吹かしつつ、回転椅子《いす》をぎっと鳴らした。

「同感。包容力のある男じゃないと、馨ちゃんとはうまくいかないだろうな」

町田の次は、牧瀬を睨む。

「包容力のある女でもいいじゃないですか」

「無理」

即答した牧瀬が、ぷかりと煙を吐き出した。

「女は明確な見返りがあってこそ愛してくれるし、尽くしてもくれる。馨ちゃんを自由に泳がせられるほどの大きな愛は、寛大な男じゃなきゃ無理だな」

持論を展開する牧瀬に、町田が賛同した。

「私もそう思うわ。葉山って、案外亭主関白タイプだもの。心のひっろーい男じゃなきゃついていけないって。大丈夫、ここにいるみんなはゲイに偏見ないわよ」

女装家のあんたはそりゃ偏見なんてないよな、と喉まで出かけた呑み込む。先輩だし、確実に負けるとわかっている相手に喧嘩を売るつもりはなかった。

「俺にゲイになれって勧めてるように聞こえますけど」

よけいなお世話だと口調に込める。

ぷっと、笑い声が耳に届いた。このタイミングで笑われると癇に障り、そちらを睨むと、犀川が両手を上げた。

「いや、葉山じゃなくて、偏見とか町田さんが言うから」

馨があえて黙っていたのに……途端に場が凍りつく。自身の失言に気づいたのだろう、犀川の顔が引き攣った。

「あ……深い意味はないんですが」

言い繕ったところで手遅れだ。すっくと立ち上がった町田は自分のデスクから離れたかと思うと、まっすぐ犀川のもとへ向かった。

「へえ、じゃあ、浅い意味ってなに？　教えてくれない？」

人差し指を顎に当て、可愛く小首を傾《かし》げる。もちろん町田なので可愛さは微塵《みじん》もなく、むしろ背筋が冷たくなるような威圧感を覚える。

「え、あ……浅い意味も、ありません」

犀川が救いを求めて視線を流してくるが、とばっちりを食らうのはごめんなので背中を向けた。自業自得な犀川と町田を視界から消すと同時に、意識の外へと追いやったのは馨だけではなかった。みな、そ知らぬ顔で話を続ける。

「そういや、冬馬は高校に復学したらしいな」

牧瀬の一言は、馨には十分衝撃的だった。

「冬馬くんって、高校生だったんですか」

平日でも事務所に来ているし、この前は一緒に草取りもしたのでてっきり正式な所員だとばかり思っていた。

「俺も詳しくは知らないが、引きこもりだったのを叔父の剣崎さんが引き取ったって聞いてるぞ。ああ見えて剣崎さんは苦労人だから、冬馬にはいい影響を与えてるかもな」

「……そう、なんですか」

聞いてはいけないことを聞いたような気がして、歯切れが悪くなる。他人の家庭の事情を覗き見したような後ろめたさもあった。

「おー、ただいま～」

その剣崎と冬馬が戻ってきた。

はっとし、反射的に押し黙ると、剣崎が怪訝《けげん》そうに首を傾げた。

「どうした？　俺に聞かれたくない話でもしてたか」

剣崎は存外鋭い。鈍くては所長なんて務まらないだろうが、いまの話を剣崎には聞かせたくなかった。

「牧瀬さんたちが」

真っ先に馨が口を開く。

「俺に男の恋人を勧めてきたんで、冗談じゃないって文句言ってたところです」

仕方なく不愉快な話題を自分から蒸し返した。しかし、牧瀬も馨も、気になっているのは冬馬だ。いや、そこにいる全員が冬馬を窺っている。

なにしろ冬馬は学生服姿だ。復学したというのは本当らしく、学生服を身に着けているとちゃんと高校生に見えた。

当の冬馬はそ知らぬ顔でソファに腰掛け、早速ゲームを始める。小さな音で音楽が鳴り始めると、いつもの光景に戻った。

「ああ、九條さんの件か」

冬馬に視線を向けたまま、さらりと剣崎がそう言った。

「な……」

なんでそこで充成さんの名前が？　そう問いたかったが、ポケットの中でスマホが震えだした。

タイミングがいいのか悪いのか、九條からだ。

友だちから始めた日から、今日で五日。九條とは毎日電話をし合っているし、明日は会う約束もしている。

このままでは本当にゲイになってしまいそうだ。いや、簡単に流されるわけにはいかない。この五日間の馨は葛藤の連続だ。

それとなく席を離れ、トイレへ向かいながらスマホを耳にやる。

『馨さん』

やわらかな九條の声に、ここ最近甘さが混じるようになったと感じるのは、きっと馨の勘違いではないだろう。

『明日は大丈夫？　流星群を見に行こうって約束』

「あ、うん。大丈夫」

九條にはまだ話していないが、三日前にシフトの変更を申し出た。剣崎は早急に対処してくれ、希望どおり土日が休みになった。

もちろんシフト変更の理由は、一身上の都合とだけ言ってある。剣崎に追及されたときは、土日に別のアルバイトを始めるとでも言おうと思っていたが、その必要はなかった。

九條の休みに合わせた、なんて言いづらい。どうしてそんなことをしたのか、馨自身、明確な理由はわからなかった。

ただ、そうすることが最低限のマナーのような気がしたのだ。休みが合わなければ、友だちとして会う機会もなくなる、と。

もともと九條に依頼された仕事に合わせて組まれたシフトだったので、解決した現在、変更するのはそれほど難しいことではなかったようだ。それでも、「九條さんに合わせるため」と言えば剣崎はもとより九條にも妙な思い違いをされそうで、それが厭で黙っている。

『明日が愉しみだ』

この一言には、そうだねと同意してから電話を終える。ポケットにスマホを戻した馨は、自分が思いのほか緊張していることを自覚した。

明日、友だちからと約束して以来初めてふたりで会うのだ。普通どおり振る舞えるか、自信がない。

じわりと汗の滲んだ手のひらをジーンズで拭いて、事務所に戻る。

「あれ？　なんかいいことあった？」

牧瀬の指摘には、狼狽《ろうばい》せずにはいられなかった。そんなつもりは微塵もなかったのに、傍目には浮かれて見えるなんて――。

「なにもありません」

ぶっきらぼうに返し、デスクについて書き物をする。少し気を抜けば、明日について考えてしまいそうだった。

なんといっても明日は土曜日だ。流星群を観たあと、もしうちに泊まっていけばいいと誘われたらどうしよう。友だちだから夜通し一緒にいてもおかしくないと言われたら、断る理由はない。

でも、ふたりで夜を過ごして、もし九條に迫られたら――。

頭の中に浮かんだ映像を慌てて振り払う。

まずい。そんなこと、自分には絶対に無理だ。とても受け入れられないと思う半面、拒絶できるかどうか……。

「………」

九條を傷つけるのは本意ではなかった。

明日のことを考えると、居ても立ってもいられない心地になる。どきどきと鼓動が速くなり、何度深呼吸をくり返そうと少しも落ち着かない。

どうやら馨は、友だちからつき合うということを軽く考えすぎていたらしい。図らずも剣崎や牧瀬に気づかされるはめになり、そっと胸に手をやった。

まずいって。

また同じ言葉を心中で口にした馨は、しばらくの間仕事が手につかず、書類をじっと睨みつけていた。

6

九條がトートバッグの中からビニールシートを出して、敷く。

「同僚に教えてもらった。ここは穴場のようだ」

九條の言うとおり、中学校の裏手にある山の麓《ふもと》に人影はほとんどない。自分たちを除けば、二組のカップルくらいだ。

外灯は届かないうえ、離れて座っているのでカップルの姿ははっきり確認できなかった。もっとも先方は自分たちに夢中で、他人の存在など気にもしていない様子だ。

十数年前まであった川が干上がり、砂利で埋められてから放置されてきたと聞くが、流星群目的の者たちのほとんどは山頂やビルの屋上に集まり、渓谷に来ようとは考えないのだろう。

「これを敷いて」

「ありがとう」

九條が手渡してきたのは小さなクッションで、尻の下に敷くと砂利のごつごつした感触から解放されて快適になった。

「あ、俺、ビールとつまみを持ってきたんだ」

クーラーボックスから缶ビール二本とさきいか、ビーフジャーキーを出して並べる。

「いいね」

九條の笑みに、馨は親指を立てた。

心地よい夜風に吹かれながら、修学旅行の夜みたいだと思った。先生の目を盗んで他の部屋へもぐり込んだときには、見つかりたいような見つかりたくないような、おかしな昂揚に駆られた。

いまもそうだ。九條とふたりで夜空を見上げていると気持ちが昂《たかぶ》り、自分の鼓動を意識する。昨日、緊張したいだけしたのが功を奏したのか、今日は愉しさしかなかった。

「じゃあ、乾杯」

プルタブを引き上げ缶ビールを掲げた馨に、九條も合わせる。

「乾杯」

ごくごくと一気に半分まで飲むと、かあっと頬やうなじが熱くなった。

「見えるかな」

夜空に手をかざす。空は生憎《あいにく》灰色の分厚い雲に覆われて、ぼんやりと月の位置が確認できるだけだ。

「きっと見える」

九條の言葉に、馨はふっと目を細めた。

「充成さんって、基本ポジティブだよな」

「そうかな」

夜空を仰《あお》いだ九條の横顔を窺い、いっそう頬を緩める。

「そうだよ。俺が男で女装してるってわかってからも仕事を続行させるし。普通は怒って苦情のひとつも言うもんだって」

「そんなふうには考えなかったな。きみが男であっても問題なかった。きみは綺麗で、話しやすくて、担当してくれたのがきみでよかったと思った」

綺麗とか可愛いとか厭になるほど言われ慣れているはずなのに、九條が口にするとまるでちがう言葉のようだ。

照れくささから、あえて笑い飛ばしてみせた。

「なにそれ。充成さん、もしかして俺に一目惚れだったとか？　なら、男だってわかってびっくりしたんじゃない？」

馨としては、茶化したつもりだった。九條にも笑ってほしかったけれど、そうはならなかった。

「たぶん、きみの言うとおりだ。初めて会ったあの日から、外見と話し方や仕種のギャップに惹《ひ》かれていた。だから、最初から性別はそれほど重要じゃなかったんだ」

まさかの返答に不意を突かれ、反応に困る。いや、九條には驚かされてばかりだ。

「充成さんって」

短い間にずいぶん振り回してくれた、そう言おうとした馨は、はたと気づく。振り回されても、縁を切りたくなかったのは、繋《つな》がりを持っていたかったのは、すでに自分も九條に惹かれていたからではないか。

失いたくなかったから、多少の無理くらい押し通そうとしているのでは。

「馨さん」

「えっ」

名前を呼ばれ、びくりと肩が跳ねる。

「なに？」

九條に目をやったとき、視線がぶつかり、意図せず見つめ合う格好になった。

周囲は真っ暗で、静かだ。まるで九條と自分しかいないような気がして、馨はここに来たことを後悔する。

静かに見たいなんて言わなければよかった。山頂やビルの屋上で騒ぐ連中の仲間になればよかった。

二組いたカップルはどこへ行ったのか。睫毛《まつげ》を伏せた馨は、その目をカップルがいたほうへと流す。

やめておくべきだった。どちらのカップルも流星群観測という当初の目的を忘れて抱き合い、ふたりきりの世界に浸っている。

「俺――」

いまからでも盛り上がっているみんなと合流しよう。いますぐそうしなければいけないような気すらしてきて、これ以上じっとしていられず立ち上がった。

「馨さん、見て」

そのとき、九條が頭上を指差した。反射的に上へ顔を向けた馨は、次の瞬間、両目を大きく見開いた。

「おお」

雲が流れていくと同時に、たったいままで隠れていた月が現れる。それはまるで満を持して上がる緞帳《どんちょう》を思わせた。

呼吸も忘れて夜空を仰視する。期待で胸は高鳴っていた。

直後、無数の星が降ってくる。きらきらとした輝きが目ばかりか耳からも入ってきて、身体の中を通っていくかのような錯覚に囚《とら》われる。

その間だけ五感が研ぎ澄まされるのを感じ、肌《はだ》が粟立《あわだ》つ。

時間にすればほんの数秒だ。夢みたいな天体ショーが終わってからも、しばらくの間声すら出せなかった。

「雲が消えてよかった」

九條のその声でやっと現実に戻る。

「あ……うん。俺、こういうの初めて見たから、感動した」

静けさを取り戻した空から九條へ視線を戻した馨は、素直にそう言ってほほ笑んだ。

「僕もだ」

また視線が絡み合う。

天体ショーは終わったにも拘らず、身体の中をなにか熱いものが駆け抜けていく。いや、駆け抜けずに胸のあたりでその熱は止まってしまった。

なにか言わなければ。せめて顔を背《そむ》けなければ。そう思うのに、それどころかいつの間にか九條の傍に膝をついていた。

駄目だ。俺はなにをやってるんだ。雰囲気に呑まれるな。頭の中で何度も制止の言葉が聞こえていながら、馨はなぜか自分から九條に顔を近づけてしまっていた。

とうとう唇が触れ合う。困ったことに少しも抵抗はない。九條は戸惑っているかもしれないが、馨自身、内心自分の行動に狼狽している。

どうかしてしまったとしか思えない。

それでも、もっとちゃんとキスしたいという衝動を抑えることができなかった。同時に、これで自分の気持ちもはっきりするのではないか、そんなずるい考えも頭をよぎる。

ふたたび、さっきよりも強く唇を押しつける。そっと唇を解くと、いきなり腕を摑まれ、引き寄せられた。

「……んっ」

薄く開いていた唇を強引に九條に抉《こ》じ開けられ、舌を差し込まれる。何度も角度を変えながら貪るように口づけられ、脳天が熱く痺れた。

口を深く合わせたまま上顎を辿られ、舌先を擦《こす》られて身体から力が抜ける。唾液《だえき》の絡まる音が生々しくて、羞恥心《しゅうちしん》と興奮で眩暈《めまい》すらしてきた。

いままで数えきれないほどキスをしてきたが、これほど激しいキスは初めてだ。まともな思考は吹き飛び、頭の中は真っ白だった。

「……も、や……て」

これ以上は無理だ。そう訴えたかったのに言葉にならない。馨にできるのは、胸を喘がせることだけだ。

「充……」

それでもなんとか九條の肩をひとつ叩くと、ようやく伝わったようだ。始まったとき同様、唐突にキスが解かれる。

大きく息をついた馨は、九條の呼吸が乱れていることに気づき、よけいに恥ずかしさが増す。いまとなっては、なぜこんなことになったのかもわからない。

「……すまない。つい、夢中になってしまって」

「あ、や……俺の、ほうこそ」

妙な雰囲気のなか、頭を掻きつつ懸命に言葉を紡ぐ。汗がどっと出てきて、できるなら大声で叫んで走り出したいくらいだった。

なんとかこの場を取り繕いたくて、馨はへらりと笑った。

「やー、でも、あれだね。充成さんって、見かけによらず強引なんだな〜。俺、びっくりした」

あははとあえてムードのない声を上げる。努力の甲斐《かい》あって、もとの和《なご》やかな雰囲気に戻った。

「それについては、謝るしかない」

「いいよ。ぜんぶ流星群のせいだって。それに、もともとは俺のせいだし」

さて、と腰を上げる。このまま、暗い場所でふたりきりでいたらまた間違いを起こしかねなかったので、早々に帰りたかった。

それほど、九條とのキスはよかった。あと数秒キスしていたら、股間《こかん》が大変なことになったにちがいない。

思い出すとまた身体が熱くなってきそうで、咳払いで振り払うと、こっそり唇を拭って先に片づけをし始めた。

肩を並べて家路につく。道中はほとんど会話がなかった。馨の場合は話題がなかったというより、意識が唇に向かっていたためだ。

「寄っていかないか」

九條のマンションが近づいてきたとき、予想どおり誘われた。

「じゃあ、コンビニに寄って……」

昨夜のうちに用意していた返答を口にしかけた馨だが、途中で唇を引き結んだ。返答を考えたときとは事情がちがう。昨夜は、キスする予定なんてなかったのだ。キスしてしまったいま、一晩一緒に過ごすなんて考えられない。

絶対、無理だ。

馨は、ぽんと手を打った。

「そういえば俺、大事な用事があったんだ。今日はありがとう。愉しかった。俺はこれで失礼するな」

おやすみ、と口早に告げて歩みを速める。

「駅まで送っていく」

九條の申し出には、背中を向けたまま右手を振って辞退した。

一度も振り返らずに駅へと歩く傍ら、どうしてキスなんてしてしまったのだろうと、あのときの自分を責めたくなる。

キスしたのは想定外だった。

なぜそんなことになったのかといえば――自分のせいだ。自分が雰囲気に流されて九條に軽くキスしてしまったから、うっかりとんでもない展開へ転がった。

「ううううう」

恥ずかしくて頭を掻き毟《むし》りたくなる。友だちからとか言っておいて、なにをやっているのか。どこの世界にキスをする友だちなんているというのだ。

きっと九條も内心では呆れているにちがいない。

我慢できずに馨は駆け出し、駅を通り過ぎても足を止めなかった。

もう九條とまともに顔を合わせられない。

そのときはそう思ったのに、落ち着く間もなく機会はすぐにやってきた。

翌日曜日の朝、九條からの誘いを受け、夕食を一緒にとることになったのだが、せっかくの休みだから昼食もと切り出したのは、なんと馨自身だった。

墓穴を掘るとはこのことだ。手土産《てみやげ》持参で九條のマンションへ向かいながら、時間を戻してやり直したい気持ちに駆られた。

「いらっしゃい」

笑顔で迎えられ、玄関で頭を下げてから靴を脱ぐ。

「今日は――お招きありがとうございます」

いまさら緊張して敬語になってしまったせいか、九條がふっと目を細めたものの、言い直すのも躊躇われて黙ってケーキを差し出した。

「ありがとう。あとで食べよう。お昼はホットサンドにしようと思うんだ」

冷蔵庫にケーキを入れてから、九條はまた料理を再開する。ダイニングテーブルについた馨は、てきぱきと動く九條を目の隅で窺った。

「ごめん。俺が急にお昼もって言ったから、迷惑だったんじゃない？」

「まさか」

九條が手を止め、馨を見てきた。

「本当は夕食に誘っても断られるんじゃないかと、不安だったんだ。きみが昼食も一緒にって言ってくれて、僕は嬉しかった」

九條の言葉がストレートなのはいまに始まったことではない。けれど、昨日の今日では恥ずかしさが先に立ち、頬が赤らんだ。

「なら、いいけど」

馨の返答に、九條が少し照れたような笑みを浮かべる。いい歳をした男がふたり、互いに顔を見合わせはにかむ姿なんてとても他人には見せられない。

「しまった。チーズを切らしていた」

冷蔵庫を覗いた九條が唸《うな》る。

「じゃあ、俺が買ってくるよ」

いったん頭を冷やすには好都合だったので、すぐさま腰を上げた馨だが、素早い動きで九條がエプロンを外した。

「馨さんは待ってて。すぐに戻ってくる」

「え、でも」

止める間もなく、九條はリビングダイニングを出ていく。きっと九條も外の空気を吸って気分を変えたかったのだろう。やはり自分に行かせてほしかったと、ひとりになったリビングダイニングでため息をこぼした。

五分もしないうちに玄関のドアが開く。やけに早い帰宅に驚いた馨は、数秒後、入ってきた男の顔を見て文字どおり飛び上がった。

「なんであんたがいるんだ」

雅紀も同様だったらしく、目を剝《む》く。

「まさか、泊まったとか言うなよ」

自分の台詞がよほど不快だったのか、厭そうに顔をしかめた雅紀には、

「そんなわけないだろ！　さっき来たんだよ」

間髪《かんはつ》を容《い》れず否定したが、動揺は隠しきれない。馨自身、昨夜泊まったらどうなっただろうかと、何度となく考えてしまったのだ。

それが伝わってしまったのか、雅紀はますます渋面になる。

「兄さんは？」

「買い物に出たけど、すぐに帰ってくると思う」

そっけない問いに答えたあと、こちらからも質問する。

「ていうか、どうやって入ってきた？」

以前雅紀と鉢合わせたときは、九條が開錠してくれるのを待たなければならなかった。あのあと雅紀は合鍵をもらったというのか。

「合鍵に決まってる」

勝手知ったる家とばかりに、雅紀がソファにどさりと腰掛ける。

「もらったのか」

「兄弟なんだから当然だろ」

雅紀の言うことはもっともだ。兄弟なのだから、いざというときのために合鍵を預けたとしてもなんらおかしくはない。そうは思うものの、少なからず馨は衝撃を受けていた。

九條の部屋へ自由に出入りできる者がいる、その事実が馨には大きなことなのだ。

自分はもらってないのに。

なんて思うこと自体間違っているとわかっていたが。

そのとき、勢いよくドアが開いた。玄関のスニーカーで弟の来訪を知った九條が、ソファに座る雅紀を見て眉をひそめた。

「来るときは連絡してくれ」

視線は雅紀から馨に移動する。

「雅紀を入れなくてもよかったのに」

これには、濡れ衣だと首を横に振った。

「雅紀くんが合鍵を使って入ってきたんだ」

「合鍵？」

九條の眉間《みけん》の皺が深くなる。

雅紀は視線で馨を責めつつ、言い訳をし始めた。

「だって、いざというとき困るじゃないか。この前兄さんが怪我したとき、思ったんだ。俺には合鍵が必要だって」

どうやら九條にもらったわけではなく、勝手にスペアを持ち帰ったらしい。ブラコンらしい行動だが、合鍵を黙って取るのはさすがにやりすぎだろう。

無言で手を差し出した九條に、雅紀は渋々返すしかなかった。

「なんだよ。俺ばっかりに冷たくして。そいつなんて、他人なのになんで堂々と休日の昼間っから来てるんだよ。つか、友だちだっていうなら、家族が来たら遠慮して帰るんじゃないの？」

恨めしげな視線を投げかけられ、どきりとする。雅紀の言い分は、まさに馨の痛いところを突いてきた。

「馨さんは僕が呼んだんだ。おまえにとやかく言われる謂れはない。帰るのは、おまえのほうだ」

九條は冷たく雅紀を追い立てる。

「なんでだよ！　俺は弟だろ。家族だろ。そんな、つき合いの浅い奴を優先して、俺を追い返すなんてひどいじゃないか」

雅紀はどうしても納得いかないのか、懸命に居座ろうとする。

「馨さんとのつき合いに口を挟むな」

兄弟の攻防を前にして、馨はありとあらゆることを脳裏に思い浮かべていた。

たとえばこれまでの恋愛経験。たとえば親の顔。それから、昨夜のキス。

自分はゲイではないが――友だちと連呼されると違和感を覚える。単なる友だちではないから、雅紀が来ても九條は馨を優先するし、馨もここに居座っているのだ。

「……じゃない」

ぽつりと漏らした一言に、九條の意識が自分に向けられた。

「友だち、じゃない」

もう一度、最初よりはっきり口にすると、雅紀も不審げな目で射貫《いぬ》いてきた。

「なに？　友だちじゃないって言ったか？　じゃあ、なんだっていうんだよ」

挑発的な問いかけに、答えはひとつしかなかった。

いいムードになったせいとはいえキスをしても嫌悪感が湧くどころか、昂揚した。そもそも単なる友だち同士ならいいムードにならないし、キスしたくもならないだろう。

その時点で、友だち同士であるわけがなかった。

もういい。ここまできた以上、ゲイにでもなんにでもなってやる。

「こっ……こっ、恋人、です！」

噛みながら答えたが、雅紀は信じず鼻で笑った。

「だから、それは聞いたって。恋人役だっけ？　けど、ストーカーの件が解決したんなら、もうあんたはお払い箱だろ」

「ちがう」

助け船を求めて視線を流しても、九條は言葉を発さない。黙って馨を見つめてくる。

ここはひとりでどうにかするしかなさそうだ。大きく肩を上下させた馨は、雅紀ではなく九條に向かって明言した。

「役じゃなくて、恋人。俺たち、ちゃんと恋人になったんだ」

いまさらもう友だち面なんてできなかった。おそらく自分は、友だちから始めたいと申し出たときにはすでに、この結果になることを予感していたのだ。足掻《あが》いたところでまったくの無駄だった。

「――馨さん」

足を踏み出した九條が、馨のすぐ目の前に立った。

「本気にしてもいいんだろうか」

これほど真摯《しんし》なまなざしを、他に誰が向けてくれるだろう。九條の視線に、全身にびりびりと電流が走ったような感覚に襲われる。

躊躇している場合ではなかった。

「本気にしてくれなきゃ、俺が困る。友だちから始めようって言ったあれ、撤回してもいい？」

もちろんという返答を期待し、笑いかける。と、九條は答えるより早く馨を搔き抱いてきた。

「ありがとう。夢みたいだ」

大げさだなんて笑えない。馨自身、これ以上ないほど安堵《あんど》している。ぎゅうっと強く抱き締められた馨は、身体の力を抜くとそっと両手を九條の背中へ回した。

「待てよ」

ふたりの世界に浸るなか、当然のことながら横やりが入る。雅紀にしてみれば、到底許容できないのだろう。

「なに勝手に盛り上がってるんだよ。俺は認めないからな」

雅紀はずかずかと歩み寄ってくると、強引に九條を引き剝《は》がしにかかる。

「目を覚ましてよ、兄さん。兄さんは、勘違いしてるだけだって！　こいつの女装姿が似合ってて、女と間違えたんだよな？　ほら、よく見て。こいつは男だから。しかも、かなりムカつく奴だから！　早まっちゃ駄目だ」

雅紀の言葉は確かに間違ってはいない。馨は男だし、女装が完璧だったからこそ初見では九條も自分を女性だと思い込んだ。

ムカつく奴だというのも、間違いではないだろう。

だが、ひとつだけ訂正せずにはいられない。

「勘違いから始まったかもしれないけど、早まってるっていうのはちがう。俺は厭ってほど考えたし、きっと九條さんだってそうだ」

馨の言葉に、九條が片笑む。

「そのとおりだ、雅紀。だから、帰ってくれないか。兄さんはいますごく取り込んでいる。おまえに構っている余裕がないんだ」

雅紀がいようといまいと、すでに馨にはどうでもよかった。こうなったら誰にも邪魔はさせない。

「……兄さん」

茫然と立ち尽くしていた雅紀が、くしゃりと顔を歪めた。そして、半身を返すと同時に駆け出し、去っていった。

雅紀には悪いが、以前に九條が言っていたようにそろそろ兄離れしてもいい頃だ。雅紀にはいい機会だし、馨はいっそ晴れ晴れしい気持ちになっていた。

「僕たちは、たったいまから恋人同士だと思っていい？」

ふたりきりになった途端、九條の双眸には恋の熱が見て取れる。きっと自分も同じような目をしているのだろう。

「それでいい」

今度は馨から抱きつき、キスをする。二度目のキスだが、一度目と同じ――いや、それ以上の昂揚を覚える。

きっと気持ちを確認し合ったからだ。

「充成さんが、好きだ」

言った。とうとう口にした。これでもうごまかせないし、後戻りもできない。九條とふたり先に進むだけだ。

「僕もきみが好きだ」

ぐっと馨を抱く九條の腕に力がこもった。かと思うと、前回同様、深く唇を合わせてくる。貪る勢いで口づけられ、酸欠になったみたいに息が苦しくなった。

「ん……ぅんっ」

頭の芯《しん》がくらくらする。馨は、夢中になってキスに応えた。舌を絡め、吸い、唾液を嚥下しているうち、憶えのある欲望が腹の底から湧き上がってくる。

「あ……ぅんっ」

キスを続けながら、自然に身体を押しつけずにはいられない。一度快感を覚えてしまえば、やめることは難しかった。

「ああ、馨さん……」

九條が、大きな手で馨の身体をまさぐり始める。背骨を数えていくかのようにじっくりと撫《な》で回されて、たまらない心地になった。

「あ……ぅあっ」

仰《の》け反《ぞ》った拍子に唇が離れ、濡れた声がこぼれた。そのまま喉に下りてきた九條の唇に舐《ねぶ》られて、我慢しようにもできない。下半身が甘く痺れる。

「厭じゃ、なければ」

チノパンの上から中心に触れられた。

厭なわけがない。九條は特別だ。

厭どころか、触られなければ自分でどうにかしなければならなくなる。

「……直接、がいい」

布越しなのがもどかしくてそう言った馨に、喉の奥で呻《うめ》いた九條がすかさず行動に移した。チノパンの前がくつろげられ、下着の中へ手が入ってきたときは安堵したほどだ。

「んぁ……いい」

先端をこね回され、えも言われぬ愉悦が身体の中心を駆け抜ける。砲身を擦られると身体じゅうどこにも力が入らなくなり、馨は九條にすがりついた。

「ベッドに、誘ってもいいだろうか」

性器を弄《いじ》られる傍ら耳元でそう聞かれて、他にどう答えればいいというのだ。

「誘ってくれないと、怒——」

語尾は九條の唇に吸い取られた。激しく口づけ、いよいよ立っていられなくなった頃、ようやくベッドへ向かうが、すでに馨の足はおぼつかず、結局九條に抱え上げられるはめになった。

「ごめ……」

ベッドに仰臥《ぎょうが》し、恥ずかしさから謝ると、九條が息を吐き出した。

「僕こそ。強引にならないようにしたいんだが」

「いいって」

ふっと目を細め、九條の髪に指で触れた。

「この前も厭じゃなかった。ていうか、俺、強引なのって嫌いじゃないみたいよ」

もとより相手による。好きなひとだから、強引に求められるのもいいと思えるのだ。

「きみにそんなふうに言われたら……たがが外れてしまいそうだ」

言葉に嘘はないのだろう。苦しげに歪められた顔を前にして嬉しくなる。馨は、自らシャツの釦《ボタン》を外していくと、大きく前を開いた。

「俺なんか、とっくにだって」

「馨、さんっ」

口づけから再開する。互いの身体から邪魔な衣服を剝ぎ取り、素肌で抱き合った。もとより自分以外の勃起《ぼっき》を直接目にするのは初めてだが、嫌悪感は微塵も湧かず、いっそう興奮して手を伸ばした。

九條のものを両手で包み、ゆっくりと擦り立てる。自分の弱い場所はきっと九條も弱いはずと、念入りに愛撫《あいぶ》した。

「……そんなにされたら」

「いく?」

達する瞬間の顔が見たくて覗き込む。てっきり達しそうになっているのだとばかり思ったが、そうではなかった。

「自分を抑えられなくなる」

呻くようにそう言った九條が、次の瞬間、馨の胸にむしゃぶりついてきた。

「あ」

乳首を口に含まれ、舌先で転がされ、腰のあたりがむずむずしてくる。これまで一度として自分の乳首を意識したことがないのに、きゅうっと尖《とが》ってくるのがわかると、そこが敏感になったような気がしてきた。

「充……うぁ」

甘噛みされた途端、びくりと腰が跳ね上がった。その拍子に性器を九條の大腿《だいたい》に押しつける格好になり、あまりの気持ちよさに身体が震えた。

「ん……う、んっ」

胸を舐められながら性器を擦りつける。頭がぼうっとしてくる頃には、胸への刺激は明確な快感になっていた。

「そこ、やだ……ぅあ」

時折歯を立てられると、自分でも呆れるほどいやらしい声が出る。我慢したくても、コントロールできない。

「すまない。きみがすごく可愛くて――止まらない」

可愛いのは知っているが、このまま続けられたら自分はどうなってしまうのか。想像もできなかった。

九條が口を胸から離した。ほっとしたのも束《つか》の間《ま》、今度は指で胸を弄られ始めたうえ、九條の唇は下へと滑っていく。

まさか、と思ったのと、先端を舌ですくわれたのはほぼ同時だった。

「あぁっ」

なんの躊躇もなく性器を口にする九條に驚き、衝撃に身体がびくびくと痙攣する。砲身に舌を這《は》わされたあと、そのまま咥《くわ》えられてしまった。

「あ、あぅ、んっ……やぁ」

口での行為は何度か経験済みなのに、どのときともちがう。根元まで包まれているせいなのか、それとも力強い舌使いのせいなのかわからないが、強烈な刺激に喘ぎ声は抑えられないし、勝手に腰も揺れだす。

こんな調子ではあっという間に達してしまうだろう。

すごく気持ちいい。いきたい。

それだけしか考えられなくなった馨は、九條の頭に両手を添えると、本能に任せて腰を揺らめかせ——呆気《あっけ》なく射精していた。

激しい絶頂に、目の前が真っ白になる。一瞬、自分がどこにいるのかすらわからなくなるほど気持ちよさにうっとりとした馨は、空《うつ》ろな視界のなか、九條が口許《くちもと》を拭う姿を目にする。

自分が口に出してしまったからだ。

と、ぼんやり思った直後、我に返った。

「わあっ。ごめん！　吐いて。すぐ吐き出して！」

勢いよく起き上がり、両手を九條の口許へやる。

「そういうつもりじゃなかったのに、めちゃくちゃ気持ちよくてつい……っ」

夢中だったからはっきり憶えていないが、最後は九條の頭を自分の股間に押さえつけさえしたような気がする。そんな強引な真似、一度だってしたことはない。

「大丈夫。飲んだから」

しかも、これだ。

「本当にごめん！」

馨には謝ることしかできなかった。

「謝らないで。僕がそうしたくてしたことだ。きみが感じてくれるのが嬉しくて、加減できなかった」

「………」

九條の場合、冗談でも揶揄《やゆ》でもないから始末が悪い。本気で嬉しそうな表情をされてなにを言えるだろう。

「俺、いつもはこんな早くないから」

とりあえず自分の名誉のために言い訳したけれど、これも九條を喜ばせる結果になった。

「今度は俺の番」

恥ずかしい姿をさらしてしまったお返しに、乱れた息を整える間もなく、九條の屹立《きつりつ》に手を添える。体格の差もあって自分より立派な九條の一物《いちもつ》を果たして咥えられるかどうかと事前に口を大きく開けてシミュレーションしてみた馨だが、その必要はなかった。九條が、達したばかりの馨のものにふたたび触れてきたせいだ。

「まだ、駄目。今度は俺の……あ」

自身の性器を馨のものに押しつけるようにされ、ただでさえ過敏になっているそれがすぐに反応する。

「俺、だけ」

涙目になって訴えた馨に、九條が切れ切れに熱く囁《ささや》いた。

「きみの中に、挿《はい》りたい」

性器を擦りつけながら求められ、どういうわけかほとんど戸惑いはなかった。

「知……ってる」

自分も男だから、欲求はわかる。それゆえ馨も九條の口に包まれて我を忘れたのだ。さらには、さんざん男に迫られてきた過去のせいで同性同士の行為についても熟知していた。自己防衛のために奴らがなにを望んでいるか、逐一ネットで調べ上げたからだ。

そのときは怒りしかなかったが、いまはもちろんちがう。

「充成、さんの、したいようにすればいいよ」

無謀な返答だと百も承知していながら、撤回する気はなかった。

「しかし、もしきみにつらい思いをさせてしまったら――」

九條は迷っているようだ。明らかに興奮しているくせして、眉をしかめて懸命に自身を抑えようとする。そんな姿を前にして、黙っていられるわけがなかった。

「いいから、しよう。たぶん俺、気持ちよくなれるから」

なんの根拠もなくそう言い、馨から先を促す。

「潤滑剤の代わりになりそうなもの、ない？」

なにもなければこの際食用油でも構わないと続けるつもりで問うと、束の間思案した九條はいったんベッドを下りると、ワセリンを手にして戻ってきた。

「ハンドクリームの香料が苦手で普段使ってるものだが、これで大丈夫だろうか」

「俺もよくわからないけど、たぶん大丈夫じゃないかな」

ワセリンとコンドームが準備された途端、生々しさを感じる。これから自分は未知の世界に足を踏み入れるのだ、そう思うと口から心臓が飛び出しそうなほど緊張してきた。

何度も深呼吸する馨に、九條は勘違いしたようだ。

「やっぱりやめよう」

いまさら及び腰になる。

「厭だ」

やめるなら誘った意味がない。かぶりを振り、自らワセリンを手に取った。

「ここまできてなに言ってるんだよ。いいから、やれるだけやってみよう。失敗したらしたでそのとき考えればいいんだから」

そう言うと同時に蓋《ふた》を開け、中身を指ですくう。唇を引き結び、股《また》を開き、まだ一度も触れたことのない部分にその指をもっていこうとした馨だが、辿り着く前に手首を九條に捉えられた。

「なんだよ」

この期に及んでまだ躊躇しているのかと九條を睨む。九條は馨の指からワセリンを奪うと、さらに足してから馨を上目で見つめてきた。

「僕にさせて」

真剣なまなざしを向けられ、ただでさえ速いリズムを刻んでいた鼓動がさらに跳ね上がる。全身に血が巡る音が聞こえてくるような気さえした。

「……う」

馨を見つめたまま、九條がそこに触れてきた。

ぬるりとした感触に息を詰めた馨は、自分の入り口にワセリンが丹念に塗り込められる感触をまざまざと感じる。九條の指が優しすぎることが、かえって馨を悩ませた。

「う……ぅんっ」

しばらくは歯を食いしばってなんとか我慢できていたが、

「指を、挿《い》れるよ」

わざわざ断ってきた九條に台無しにされてしまう。

「あ……」

浅い場所を指先で撫でられ、その衝撃に声を上げて仰け反った。

「や……あ、あ」

一度声を上げると、止められなくなる。九條の指に緩められる自分のそこが、意思とは関係なくひくひくと痙攣してしまうのがたまらなく恥ずかしかった。

しかも、濡れた音まで耳に届くのだ。ワセリンのせいだとわかっていても、自然に脚が閉じてくる。

「ひどくしないから」

九條は馨が怖気《おじけ》づいたと勘違いしたのか、そんな一言で慰めると、膝頭にキスをしてきた。

そんなところにキスされたのは初めてで、感動すると同時に興奮材料にもなる。

九條の指がこれまでより深い場所を撫でたとき、肌がざわつくような感じがした。もしかしたら気持ちいいのかも、と思った瞬間、馨の身体もそれを快感と認識したようだ。

「あ、そこ……擦って、みて」

馨の要求はすぐに叶《かな》えられる。指先でそこを撫でられ、突かれると腰が甘く痺れた。

「気持ちいいの？　馨さん」

普段より少し上擦《うわず》った声で問われ、頷いた馨はベッドに背中を倒した。

「気持ち、いいと思う……あ、そこ、いい」

その場所へ指を届きやすくするために、自然にまた脚が開いていく。あられもない格好をしているとわかっていても、欲望には勝てなかった。

「馨さん」

「あ、あ……」

目的は入り口を緩め、道を作ることなので九條の指は馨の体内を行き来する。指先が奥のそこへ辿り着くたびに、自分が貪欲になっていくのを自覚していた。

くちゅくちゅといやらしい音がするのもいけない。思い切り奥をどうにかされたい衝動が込み上げてくる。

これこそ、欲しいという感覚なのかもしれない。

「充成、さん。も、挿れていいからっ」

高まる気持ちに任せて両手を伸ばしたが、九條からのリアクションはない。それどころか馨から手を退いてしまった。

いったいどうしたというのか。

「なんだよ」

早くと言外に急《せ》かしつつ、問う。それでも動かない九條を不審に思い、視線を下方へ落としてみると、彼は左手で口許を隠していた。

「充成さん……？」

いったいなにがあったのか、馨の疑心は直後晴れる。

「わ」

九條の指の隙間《すきま》から真っ赤な液体が見えたのだ。

「え、鼻血？　どうしたんだよ！」

慌てて上体を起こし、ティッシュを何枚か抜き取って九條に渡す。九條は顔と手をティッシュで拭いながら、ばつの悪そうな顔をした。

「すまない。興奮しすぎたみたいだ」

苦い顔で謝られ、ぴくぴくと頬が引き攣った。笑いを堪《こら》えようとしたけれど、やはり難しくて吹き出してしまう。

「充成さん、可愛い」

くすくすと笑う馨に、九條が渋面になる。

「こんなこと、初めてだ。みっともないな」

「みっともなくなんてない。それどころか、俺、嬉しいよ。充成さんが俺でそんなに興奮してくれたんだってわかって」

嘘ではなかった。自分ばかりが貪欲になっているのではないと知って、嬉しく思うと同時にほっとした。誰でも好きな相手には、求められたいに決まっている。

「自分でも呆れるほど興奮してる。きみが欲しくて」

ティッシュをベッドの下に落とした九條に真摯なまなざしを向けられ、馨はふっと頬を緩めた。

「俺もだ。充成さんと一ミリの隙間もなく密着したい。だから、続きを早くしよう」

九條の前髪を掻き上げ、そこに口づける。

次の瞬間、馨はベッドに這わされていた。

「馨さん」

腰を抱え上げられ、いよいよかと覚悟をした馨だったが、入り口をぬめっとしたものに触れられて仰天する。なんと九條は馨のそこを舌で愛撫し始めたのだ。

「や……そんなこと、しないでいい……っ」

逃れようと身動ぎしたつもりが、腰を振っただけになる。これではまるで煽《あお》っているみたいだ。実際、九條に舐められたそこが蕩《とろ》けたのではないかと錯覚するほどだった。

「我慢してほしい。僕は、こうしたいし、馨さんのここも悦《よろこ》んでいる」

「……ぁ」

まさか九條がこういう手を使ってくるとは思わなかった。そんな趣味はなかったはずなのに、九條の舌技と言葉責めに馨は恍惚《こうこつ》となった。

「あぁ……や、うぅ」

しないでいいと言っておきながら、口からこぼれ出るのは明らかに快感に満ちた声だ。入り口のみならず浅い場所にまで舌を挿れられ、舐め溶かされる。馨にできるのは、喘ぐことだけだ。

身体が熱くなり、思考が霞《かす》む。

目に映るものが潤んで見えるのは、自然に滲んだ涙のせいだろう。

「んっ、ぁう……充……」

滴《したた》るほどに濡らされた入り口も、指で擦られた内壁もじんじんと疼《うず》いている。たまらなくなった馨は自身の性器に手をやった。

「あぁ」
二、三度擦ると、とろりと蜜《みつ》がシーツを濡らす。
このまま達してしまいたい。その一心でなおも自慰をしようとしたそのとき、入り口に熱が押し当てられた。

「自分でしちゃ駄目だ。ここも僕に可愛がらせてくれ」

九條はそう言うが早いか、馨の性器を大きな手で包み込む。自分のやり方とはちがう動きに、前も後ろもじれったくなった。すぐにどうにかされなければ、気が変になってしまう。

「……どっちも、やって。早く……俺の、擦って」

初めて口にする言葉で九條をそそのかす。

ごくりと背後で唾を嚥下する音がした。

やっとだ。

九條の熱い屹立が強く押しつけられた瞬間、安堵すら覚えていた。

「あぅ」

圧倒的な存在が入り口を抉《えぐ》って、ゆっくり、確実に中へ挿ってくる。性器を慰められながら後ろを穿《うが》たれるのは、苦痛と快感を同時にもたらす。

馨には未知の感覚だった。

「きみが好きだ。ずっとこうしたかった」

九條の熱い告白も重要なスパイスになる。

「あぁ、うぅぅ」

潤み切った場所にみっちりと埋められていく九條の脈動を感じながら、馨は濡れた声を上げ続けた。

すでに快感しかない。苦痛も残っているのかもしれないが、馨の身体はそれすら愉悦と捉えてしまったのだ。

まさか自分にそういう素質があったとは——これも初めて知ったことだ。

「挿ったよ」

九條も馨同様、快感と苦痛に耐えているのだろう、大きく息をつく。

まさにセックスは感覚の共有だと、身をもって実感した瞬間だった。

髪やうなじを愛《いと》おしげに撫でられ、身体から力が抜ける。それを九條は見逃さず、じわりと身を引いていった。

そして、またゆっくり奥へと挿ってくる。性器を刺激される傍ら、何度か優しい抽挿《ちゅうそう》をくり返されて、先に音を上げたのは馨だ。

指で教えられた性感帯に九條の先端が押しつけられるたびに、蕩けそうな心地よさが背筋を這い上がるのだ。げんに馨の性器は九條の手の中でどろどろになっていた。

「いい、から……もっと」

身体をくねらせ、催促する。

「馨さんっ」

九條は馨の腰を鷲《わし》摑《づか》みにすると、自身を突き入れてきた。

「うあ、やぁ……」

奥を突かれ、性器を擦られ、あっという間に絶頂を迎える。仰け反った途端、九條に抱き上げられた馨は、上に座る体位を取らされた。

「や、待っ……」

結合が深くなり、九條の腕にしがみつく。過敏になった身体には、あまりに刺激的だ。

「馨さん、馨さん」

何度も名前を呼ばれ、口づけを求められ、首を巡らせてキスをした。舌を絡ませる間も、九條は下から小刻みに突いてくる。

「あぁ……こんなの、初めて」

あまりによくて、陳腐な台詞が口から出た。これと比べれば、過去の自分の経験など児戯に等しい。快楽にどっぷり浸かり、身も心も九條に溺《おぼ》れる。

「僕もだ」

徐々に突き上げが大きくなっていっても、馨は九條を制するどころか協力すらした。

「あ、あ、また、いくっ」

どうやら身体がおかしくなったようだ。さっきから何度も達しているのに、やめたいとは思わない。際限なく九條が欲しくなり、ずっと密着していたかった。

我を忘れるとは、きっとこういうのを言うのだろう。

「僕ももう出そうだ。ああ、すごい。馨さん……頭が、沸騰しそうだ」

その言葉とともに、九條が呻く。同時に、体内の九條自身が膨れ上がり、馨の最奥で爆発した。

力強い脈動に、馨も引きずられて吐き出す。

「僕は、どうしたんだろう。少しもおさまりそうにない」

九條が熱い吐息をこぼした。

本人の言ったとおり体内の九條は相変わらず存在を誇示している。ずるりと抜けていった九條は、馨を仰向けにするとコンドームを外し、最初と変わらず欲望に満ちた目で見つめてきた。

「まだきみが欲しい」

好きなひとに求められて断れる男がいたら、お目にかかってみたいものだ。

「俺だって」

さんざん喘いだ掠《かす》れ声で答えた馨は、自分から脚を開いて正常位で九條を迎え入れた。

挿入角度が変わると、快感も変わる。なにより最中に九條の顔を見られて、一度目よりも興奮した。

「充成さ……すごく、いい顔してる」

「ああ、すごくいいんだ。よすぎて、どうにかなりそうだ」

九條がいいと、自分も感じる。

「俺も、俺も……いいよっ」

盛り上がった二回戦はあっという間に終わり、少し休んだあと三回戦目に突入した。

結局、後背位、背面座位、正常位、騎乗位と続け、最終的にはまた正常位で締めくくった。

セックスで精根尽き果てるという経験を初めてしたのだ。

「すばらしかった」

乱れた呼吸を整えながら、口づけと感想を額に受ける。馨は指一本動かす気になれず、嬉々として後始末をする九條にされるがままになった。

「俺は、びっくりした。充成さんって、見た目はさわやかなのにかなりエッチなんだもんな」

むっつりすけべだ、と笑う。

とはいえ、馨も九條のことばかり言えない。ノリノリだったのは馨も同じだ。

「それについては、言い訳のしようもない」

肩をすくめた九條は、今度は頬に口づけてきた。

「喉が渇《かわ》かないか？　なにか飲み物を持ってこようか？」

「あー、うん。喉も渇いたし、腹も減った」

どうやら九條は恋人をとことん甘やかせるタイプらしい。ベッドから起き上がると、馨の髪を優しく梳《す》いてから身体を離した。

「水を持ってくる。そのあとシャワーを浴びて、一緒にご飯を食べよう」

礼を言った馨は、下着一枚を身に着けてキッチンへ向かう九條の後ろ姿を眺める。あれほどやってなお離れがたく思う自分がおかしかった。

「まあ、できたてほやほやですから」

自身に言い訳し、ベッドに手足を投げ出す。

決死の覚悟でゲイになると決めたわりには、案外ハードルを越えるのは容易かった。好きな相手とセックスをした、ようはそれだけだ。

問題があるとすれば、そのうち鋭い剣崎がなにか気づくのではないかという点だが——それとてさほど重要ではない。

なるようになるさ。

そう呟いた馨は、存外自分が楽観的な人間だったと知り、口許を綻《ほころ》ばせた。

7

剣崎の視線を感じ、帰り支度《じたく》をしていた馨はいったん動きを止めた。

「なんでしょうか」

剣崎に向き直り、こちらから水を向ける。

剣崎は顎をひと撫ですると、目を眇《すが》めて馨を見据えてきた。

「最近、調子がよさそうだな。公私ともに充実してるってヤツか？」

九條と身も心も結ばれて五日。

やはり剣崎に隠し事をするのは難しい。きっと否定したところで嘘だと見抜いてしまうだろう。

「まあ、そうですね。充実してます」

馨の返答に、一瞬なにか言いたそうな顔をした剣崎だが、途中で気が変わったようだ。手にしたペンでこめかみを掻くと、デスクの上の書類に目を落とした。

依頼人との恋愛は御法度《ごはっと》と注意されるのではないかと案じていたので、とりあえず胸を撫で下ろす。いまさら反対されてもすでに恋人関係になったあとなのだから、なにがなんでも理解を得ようと考えていたのだ。

「それって、あの男前とうまくいっちゃったってこと？」

　また片づけに戻ろうとしたとき、背後からぽんと肩に手がのせられた。肩越しに視線をやると、剣崎との話に聞き耳を立てていたらしいふたりが、にやにやとした顔で馨の答えを待っていた。

「ご想像にお任せしますよ」

　牧瀬と町田は馨をそそのかそうとした経緯があるため、先輩とはいえ打ち明けるのは躊躇われる。ほら見たことかと、どうせ訳知り顔で揶揄されるに決まっている。

「そんな冷たいこと言うなよ、馨ちゃん。先輩としてアドバイスした俺としては、やはり心配なのよ。馨ちゃんには幸せになってほしいからさ」

　そう言った牧瀬に、

「まさにそのとおりよ。可愛い後輩の幸せを願わない先輩がどこにいるっていうの」

　町田が賛同する。

　もっともらしい理屈をこねるふたりを前にして、馨は喉の奥で唸った。

　恋愛は御法度だと聞いているのに、物わかりがいいとかえって不安を煽られる。もしかして口出しして壊そうとしているのでは、という疑いを捨てきれなかった。

　できればふたりには首を突っ込んでほしくない。ふたりが絡むとろくなことにならないような気がして、怖いのだ。

「で？　彼とはうまくいったの、それともまだなの？」

町田が畳《たた》みかけてくる。

「うまくいったに決まってるだろ？　なんせ、ここ最近の馨ちゃんはほんと綺麗になった」

牧瀬もにやりと口角を上げる。ふたりともやけに愉しそうで、ここはやはりはぐらかしておいたほうがよさそうだと判断した。

「お言葉ですけど、俺が綺麗で可愛いのは前からですから」

鼻息も荒くふたりに返したそのタイミングで、幸運にもデスクの上のスマホが音を奏でた。

「じゃ、お先に失礼します」

スマホを手に取り、町田と牧瀬に一礼してドアへ足を向ける。剣崎にも挨拶をして、今日の仕事を終えて事務所をあとにした。

階段を下りつつスマホを確認した馨は、期待どおりのひとからのメールに頰を緩ませる。

『仕事は予定どおり終わりそうかい？』

九條とは休日に加え、金曜日も一緒に過ごすことに決めた。恋人同士なのだから、少しでも一緒に過ごそうと馨から提案したのだ。

「終わった。いまから向かうよ――っと」

返信すると、またすぐに返ってくる。

『待ってる』

九條がどういう表情でその言葉を打っているのか想像できて、馨の頬も自然に緩んだ。気が逸《はや》り、足取りも軽く電車でひと駅のところにある九條のマンションを目指す。この五日間、馨は週末を愉しみにしていた。

九條の気持ちに応えた形で始まった関係だが、思いのほかはまってしまっているという自覚はある。九條との恋愛はなにもかも初めてで、新鮮だ。新たな自分を発見する。たとえば自分が、存外甘えられたいタイプの人間だったこと。

九條に優しくお願いされると夢心地になり、なんでもしてあげたくなる。

ある意味、町田の言った亭主関白という指摘は当たっているのだろう。いい気分にさせられ、お願いされ、手のひらで転がされているのだから。

なんにせよ、この恋を全力で守ってみせると、馨は気持ちを新たにする。

いつしか小走りになっていて、九條のマンションの玄関に到着したときには息が切れていた。

部屋番号を押し、開錠してもらう。開いた扉から中へ入った馨は、ちょうどエレベーターから降りてきた男の顔に目を瞬かせた。

「来てたんだ」

よく鉢合わせるのは、それだけ馨も雅紀も九條のマンションに顔を出しているという証拠だろう。

雅紀は馨を見て、厭そうに眉をひそめた。

「来てた。けど、あんたのせいで追い返される」

可哀想《かわいそう》だとは思うものの、これればかりはしようがない。昔から、ひとの恋路を邪魔するものは馬に蹴《け》られると相場は決まっている。

「雅紀くんもお兄さんがいちゃいちゃする姿を見たくないんじゃない？」

そう言うと、いっそう眉間の皺を深くした雅紀が、射殺してやりたいと言わんばかりに人差し指で馨を指差してきた。

「言っとくけど、俺はあんたを認めたわけじゃないからな。兄さんには、可愛い女の子が似合うんだ」

無駄な足掻きとはこのことだ。当の兄貴が可愛い女の子よりも馨のほうがいいというのだから弟が口出しする隙はない。

「ま、いいじゃん。可愛さだけなら、そのへんの女より俺のほうが勝ってるだろ？」

「俺が言ってるのは、中身が可愛いってことだよ！」

「あれ。顔が可愛いっていうのは認めるんだ？」

「そ、それは……」

口ごもった雅紀がこぶしを握り、ぶるぶると震わせる。いちいちストレートな反応をする雅紀が、やたら愛《いと》しくなってきた。同じ人間を溺愛《できあい》している者同士、いずれは理解し合えるはずだ。

「あんたのそういうところが厭なんだ。兄さんは……あんたの外見に騙されてる」

「雅紀くんは、お兄さんを信じられないんだ？」

どうやらこれは核心を突いたらしい。唇を嚙み締めた雅紀が、不本意そうな表情で黙り込む。

「お兄さんが選んだんだから、俺のことも信用してよ」

仲直りしたいという意思表示のつもりで右手を差し出してみたが、やはり握手は受けてもらえなかった。

やはりまだ駄目かと手を引っ込めたとき、重い口が開かれた。

「兄さんは、ああ見えて天然なところがあるんだ。あんたは、どうやら図太そうだし——だから、その」

いったんそこで言葉を切ると、この世の不幸を一身にしょい込んだかのごとく顔を歪める。

そして、

「お幸せに！」

吐き捨てる勢いでそう言ったかと思うと、走ってマンションを出ていった。

「……なんだ、いまの」

ここまでブラコンだと、いっそ感心するほどだ。なんのかの言っても根っこの部分が優しいところが、九條と同じ遺伝子を持っているんだなあと思わせる。

兄弟揃って真面目ないい男ではないか。

「任せときな」

胸を叩いた馨は、エレベーターに乗り込む。部屋のチャイムを押すとすぐに、ドアが開いて手放しの歓迎を受けた。

「いらっしゃい。週末が待ち遠しかった」

ぎゅっと抱き締められて、馨も九條の背中に両手を回し、肺いっぱいに匂《にお》いを嗅いだ。洗濯洗剤とお日様の匂いに、胸が熱くなる。

「お腹《なか》すいてるだろ。今日は馨さんの好きなオムライスだ」

「やった」

とは答えたものの、抱き合ったせいで空腹どころではなくなった。

九條の匂いと体温に平静ではいられない。くらくらして、下腹部が疼き始める。

この五日間、いったい何度身も心も蕩けた行為を脳裏で反芻しただろう。おかげで本人を前にすると、一気に欲望に火がついてしまった。

「え……っと、その前に……しない？」

恥ずかしさから捲し立てるように言葉を重ねる。

「何事も慣れが大事っていうだろ？　こういうことって、間を空けないほうがいいと思うんんだ」

必死だという自覚はある。女性に対してですら誘った経験のない自分が、まさか男に対して欲情を抑えきれずに懸命に口説《くど》く日が来るなんて、予想だにしなかった。

「前のときよりよくなれるような気がするし」

前回同様根拠はなかったが、確信はあった。あれよりよくなってしまったら自分はどうなるのかという、怖いような期待すらある。

「駄目、かな」

返事を求めて上目を向けると、九條は唐突に馨の身体を抱き上げた。

「駄目なわけがない」

いっそ険しく見える表情で奥へ足を進めた九條は、馨をベッドに下ろす。どんなに焦っているときでもそっと扱ってくるところが九條だ。

「この数日、どうやってきみをベッドに誘おうか、ずっと考えていたくらいだ。だから、ほら」

九條がベッドヘッドを示し、そこへ目をやった馨は唖然《あぜん》とした。それもそのはず、ベッドヘッドには瓶やチューブ、あらゆる種類の潤滑剤が並んでいたのだ。

「どういうものがいいのかわからなかったから、片っ端から通販してしまった。きみにむっつりすけべとからかわれるのも当然だ」

気恥ずかしそうに片笑む九條を、ぎゅっと掻き抱く。

「ああ、もうたまんない。すぐやろう」

むっつりすけべ、上等。

こうなったら、しばらくごめんだとうんざりするほど抱き合ってみるのもいいだろう。もしくはふたりでセックスを極めるというのもありかもしれない。

自分の考えに満足した馨は、本能に任せて愛しい恋人に口づけた。

肉食彼氏《ダーリン》。

――夏休みの日程合わせて、ふたりで温泉でも行かない？

昨日、電話で馨《かおる》から誘われたとき、一瞬にしてあらゆる思考が脳裏《のうり》を駆け巡った九條《くじょう》は即答できなかった。

――あ、ああ。いいな。

不審に思われないようすぐさま言い繕《つくろ》ったものの、もしかしたら戸惑いが声音に表れていたかもしれない。生憎《あいにく》すぐに仕事に戻らなければならなかったせいでろくに話ができなかったが、帰宅したあともそのことが気になってしまい、おかげで昨夜は熟睡できなかった。

「……馨さんと温泉」

もとより厭《いや》なわけがない。自分から告白して、やっと恋人同士になれたのだ。

馨の第一印象は「綺麗《きれい》で感じのいいひと」だった。金銭が介在しているとはいえ、恋人役の女性には精一杯の気遣いを心掛けるつもりでいたが、やってきた馨は可憐《かれん》な外見に反して、その言動はあっさりしていて女性らしさをあまり感じさせなかった。

もっともそれこそが魅力的に思えたのだから、おそらく自分は初対面で惹かれてしまっていたのだろう。

もしかして馨さんは女性ではない？

唐突にそう思ったのは、妙に昂揚《こうよう》した心地で自宅に戻り、洗濯物を片づけているときだった。ばかばかしいと自身に呆《あき》れる半面、どうしてもその考えが頭にこびりつき、確かめずにはいられなかった。

男だとわかれば、普通は昂揚はおさまるだろう。女装までして大変だと同情しつつ、当初の依頼どおり堀川《ほりかわ》があきらめてくれるよう仕向けてもらえればそれでよかったし、実際、そうしようと思っていたのだ。

けれど、そううまくはいかなかった。

会うたびに自分のなかで馨の存在が大きくなっていき、いつしか彼のことばかり考えるようになっていた。

馨を困らせるのは本意ではない。それゆえ黙っているつもりだったが、どうにも我慢できなくなった。

口を噤《つぐ》むことで騙《だま》しているような後ろめたさがあり、なにより馨を想《おも》う気持ちはなんら恥ずべきものではないのだから、伝えるだけ伝えて、もし少しでも彼が不快そうなそぶりを見せたときは二度と近寄らないと自身に言い聞かせたのだ。

いまとなっては、なんと自分本位だったのだろうと呆れる。自分の告白によって馨を悩ませるはめになるとは、考えもしなかった。

半面、その件があったからこそ馨が自分に真剣に向き合ってくれたのも事実なので、九條にしてみれば幸運だった。

そう。まさに幸運としか言いようがない。馨は九條が想像していたよりずっと美しく、潔く——色っぽかった。

馨と出会うきっかけになった堀川には、もはや感謝したいくらいだ。付き纏《まと》われて閉口していたのは事実なのになんと現金なのか、自分に呆れる一方、早い段階から頭の中は馨でいっぱいになっていた。女装して奮闘してくれた馨には申し訳なかったが。

馨との行為を脳裏によみがえらせる。あれから何度頭の中で反芻《はんすう》しただろうか。あのすばらしい時間をすぐにでもまた味わいたい、日々込み上げてくる欲求を抑えるのに、どれほどの努力をしているか、おそらく馨には想像もつかないはずだ。

「馨さんと、温泉」

もう一度口にした九條は、唇《くちびる》を引き結んだ。

ふたりきりで宿に泊まって、欲求を抑えられる自信がない。ましてや一緒に温泉に入るとなると、言わずもがなだ。

もし公共の場でその気になってしまったら。

絶対にないと断言できないこと自体、問題だった。

「やはり、断るしかない」

九條はテーブルの上の携帯電話を手にした。

いま頃馨は、テレビでも観ている頃か。それとも、風呂《ふろ》に入ってさっぱりしたところか。

着信履歴から電話をかけようとしたとき、手の中の携帯が震えだした。相手はまさにいま電話をしようとしていた、馨だった。

「馨さん」

すぐさま携帯を耳に押し当てた九條は、胸を高鳴らせつつ名前を口にする。

『いま、大丈夫だった？』

これには、もちろんだと答える。

「僕もいま電話しようと思っていた」

九條の言葉に、心なしか馨の声音が弾んだような気がした。それがまた、九條の心を熱くする。

『あ、温泉のことだろ？　俺、いくつかパンフレットもらってきたんだけど、まずはどこの温泉に行くかだよな』

嬉々《きき》とした様子が携帯電話越しにも伝わってくる。断る予定だったのに、こんなにも愉《たの》しみにされると切り出しにくい。

『充成《みつなり》さんは、どこがいい？　熱海《あたみ》？　鬼怒川《きぬがわ》？　それとも草津《くさつ》がいいかな』

断ればきっと馨は失望するにちがいない。恋人を失望させたい男なんてこの世にいるわけがなかった。

「……そうだな。僕は、どこでもいい。きみと一緒なら」

風呂の時間はずらせばいい。馨に誘われたときのためになにか言い訳を考えておく必要があるだろう。

『またそんなこと言って。でも、こういうのって一緒に計画立てるのも愉しいだろ？　今度の休みにふたりで決めようよ』

可愛《かわい》い一言には、いますぐ抱き締めたい衝動に駆られる。この腕に抱いて、馨さんと名前を呼びたい。

「きみに会いたいな」

思わず本音を漏《も》らしてしまったが、この後の一言には驚かずにはいられなかった。

『あー……っと、じつは、いま九條さんちの近くの駅にいるんだけど』

馨が照れくさそうに声をワントーン落とす。

『俺も会いたかったっていうか、顔が見たかったっていうか』

「すぐに迎えにいく」

居ても立ってもいられず即答した九條は、車のキーを摑《つか》むとすぐさま部屋を飛び出した。

車に乗り込み、我慢に我慢を重ねて法定速度ぎりぎりで駅へと急ぎ——五分ほどで到着した際、馨は見知らぬ女性と話していた。

馨が男女問わず声をかけられるのは、いつものことだ。いちいち気にしていられない、そう思う一方、相手に対して警戒心を抱いてしまうのも常だった。

「歩いていったのに」

女性に右手を上げた馨が、助手席に乗ってきた。

「夜遅いから」

そう答えた九條に、苦笑が返る。

「夜遅いって、俺、男だし」

「男でも、馨さんは誰より綺麗だから」

心配だ、と喉《のど》まで出かけた言葉を呑《の》み込む。馨にしてみれば、勝手に心配されても迷惑なだけだろう。

「ナンパされそうって？　もしかして、いまのも変に疑ってる？　言っておくけど、いま話してたひとには道を聞かれただけだから」

どうやら九條の心情などお見通しだったらしい。が、安心するどころか、見ず知らずの女性に対して微《かす》かな嫉妬《しっと》を覚える。大勢のひとが行き来しているなか、わざわざ馨を選んで道を聞いたのは、やはり下心があったのではと思ってしまうのだ。

自分の器の小ささを突《つ》きつけられたような気がして、自己嫌悪に陥る。こんな調子ではうまくいくこともいかなくなり、早晩馨に愛想《あいそ》を尽かされるに決まっている。

「駄目だな、僕は。自分の心の狭さを思い知らされるよ」

苦い気持ちで打ち明ける。と、予想外の返答があった。

「安心した。九條さんも、俺と同じだったんだ」

胸に手をやる馨を、横目で窺《うかが》う。どういう意味なのか、疑問はすぐに晴れた。

「充成さんに近づいてくるような相手って、みんな本気っぽいだろ？　俺に寄ってくるのとはちがう。充成さんの誠実さにつけ込む奴《やつ》がいるかもしれないって思うと、気が気じゃなくてさ」

肩をすくめる、その姿を前にして胸がいっぱいになった。馨は、いつもまっすぐだ。

「充成さんって自分が思っている以上に格好いいよ」

思い切りがよくて自分などよりよほど男らしく、一度腹を括《くく》ってしまえば驚くほどの行動力を見せる。自分を受け入れてくれたのも、そういう馨だからこそだった。

「僕は、なにを格好つけてたんだろうな」

マンションの駐車場で停車した。エンジンを切った九條は、馨に向き直り、両手を取って頭を下げる。

正直に打ち明けよう。

自分が案外嫉妬深い性質だったらしいということ。

一緒に温泉に入って、馨の裸を見て冷静でいられる自信はないこと。

こういうことはひとりで抱え込んでいてもどうしようもない。ふたりで話し合ってこそ解決できるのだ。

「迎えにきたのは、一秒でも早くきみに会いたかったからなんだ。そして、さっきの女性に嫉妬したのも事実だ。彼女だけじゃない。きみに寄ってくるみんなに嫉妬している。それから、温泉旅行だけど、正直なところ迷っている。きみの裸を見て平気でいられるほど、僕は我慢強くない」

一気に心情を吐露《とろ》し、大きく息をつく。

黙って耳を傾けていた馨は、ぎゅっと手を握り返してきた。

「露天風呂つきの部屋」

やや上擦《うわず》った声で切り出し、さらに言葉を重ねていった。

「露天風呂つきの部屋をとれば、いいんじゃないかな。俺だって自信ないし、ふたりきりならもしそういうことになっても、平気っていうか」

口早に発せられた提案に、かっと身体《からだ》が一気に熱くなった。頭で考えるより早く、気がついたら馨を強く抱き締めていた。

「いい案だ。露天風呂つき部屋をとろう」

しかし、これは失敗だった。接触したせいで、もっと触りたくてたまらなくなる。

キスしたい。激しくキスして、馨の滑らかな肌《はだ》を撫《な》で回したい。身体じゅうに唇を這《は》わせたい。

「馨さんっ」

荒い呼吸をくり返しながら名前を呼ぶ。

「……充成さん」

戸惑いの滲《にじ》んだ声を聞いても、なんの抑止にもならない。一度自分の手に抱いた記憶がよみがえってきて、どうにもならなかった。

「きみに……頼みがある。少しだけ触らせてくれないか」

どうか断らないでくれと、祈るような気持ちで告げる。

「充成さん、離して」

馨が身動《みじろ》ぎした。当然の反応だ。がっついていると自分でも呆れるほどだ。馨が呆れたとしてもおかしくはない。いや、きっと呆れているだろう。

「……すまない」

一方的な欲望をぶつけるところだったと、心中で己《おのれ》を叱責《しっせき》してなんとか身を離す。直後、馨に手首を捕えられた。

「ちがう。俺も触りたい。だけど、ほら……ちょっとじゃすまなくなったとき、車の中ってわけにはいかないから」

照れ笑いをする馨に、これ以上我慢できなくなる。いますぐ馨に触れなければ、きっと気がおかしくなってしまう。

唇に歯を立てた九條は、馨から手を引き車を降りた。助手席へ回って馨を連れ出すと、一言も口をきかないままエレベーターで六階に向かい、一秒を争う勢いでドアを開錠するが早いか、先に馨を中へと促した。

後ろ手にドアを閉めるや否や、馨を抱き締め、口づける。まるでからからに渇《かわ》いた喉に水を与えられたかのような心地で、激しく貪った。

「う……ふっ」

まずい。このままでは玄関で抜き差しならない事態になりかねない。そうなれば馨に負担をかけるはめになるので、それだけは避けたかったが、ベッドまでやけに遠く感じられる。これほどまでの強い欲望が自分のなかにあるとは、九條自身信じられないくらいだった。

「馨……さん」

「うん……充成、さん」

口づけを交わす傍《かたわ》ら、シャツの上から馨の身体をなぞる。抵抗でもされない限り止められそうになかったが、九條の気持ちを知ってか知らずか馨は九條の中心に手を添えてきた。

「う」

スラックスの上から撫でられ、迷いとともにわずかに残っていた理性が吹き飛ぶ。もう一刻の猶予《ゆうよ》もない。

毟《むし》り取る勢いで馨の衣服を脱がせて床に落とすと、逸《はや》る気持ちのまま彼をそこへ寝かせ、胸にむしゃぶりついた。

「あ……」

「馨さん、馨さんっ」

時間を忘れ、馨のしなやかな身体に没頭する。下半身が蕩《とろ》けそうなほどの愉悦に全身燃えるように熱くなり、脳天が痺《しび》れ、ひたすら貪った。

九條が正気を取り戻したのは、床にだらりと手足を投げ出した馨がくすりと笑ったからだ。

「充成さんって、案外肉食っていうか野性的だよな。俺、がつがつ食われた気分」

「……っ」

馨の比喩《ひゆ》はけっして大げさではなかった。体液まみれの馨の胸元には、自分のつけたキスマークが花びらのごとく散らばっている。

「す、すまないっ」

つい夢中になってしまったことを謝った九條は、慌てて馨を抱き上げた。

「背中、痛かっただろう。本当に悪かった」

ベッドに向かうと、そっと馨を横たえる。その後、どこか痣《あざ》でもできていないかとくまなく肌を熟視していった。

「えー……っと」

背中をチェックしていたとき、馨が躊躇《ため》いがちに肩越しに意味深長な視線を流してきた。

「もしかして、どこか痛いのか？」

頬《ほお》を強張らせた九條だったが、幸いにもそうではなかった。頬を赤らめた馨は、なにより九條を有頂天にさせる殺し文句を口にする。

「俺、充成さんに見つめられたら駄目。また勃《た》っちゃった」

上目遣いで誘われて、どうして平静でいられるだろうか。九條は、馨の痩身《そうしん》を掻《か》き抱いた。

「もう一回、きみを食べてもいいだろうか」

興奮に胸を喘《あえ》がせながら許可が下りるのを待つ。

「どうしようかな」

小首を傾《かし》げて迷うそぶりを見せた馨が、にっと笑みを見せた。

「どうぞ召《め》し上がれ」

馨らしい茶目っけのある誘い文句にのぼせ、

「いただきます」

覚えず両手を合わせたあと、ふたたび口づけから始めていく。九條にとって馨はまさにごちそう、満足してもまたすぐに欲しくなる唯一の存在だ。

溺《おぼ》れる。

その言葉の意味を、九條は身をもって実感していた。

あとがき

こんにちは。初めまして。高岡です。

春とはいえ、毎度花粉の話ではあまりに芸がなさすぎるので、ちがうネタを――と思ったのですが、なにもありません。

相変わらずの日々を送っています。

観たいＤＶＤ、やりたいゲームを溜め込み、いつかいつかと思っているあたりも変わらずでしょうか。

あ。ひとつ。いま必死で夜型の生活を改善しようとしているところです。もう十五年くらい夜型人間のせいで、ちょっと油断するとすぐに戻ってしまいます。

普通に朝起きて夜寝る生活がいいに決まっているので、何年か越しのチャンレジをしている真っ最中なのですが、なんとか今回は成し遂げたいと思ってますよ。

さておき、今作ですが、不幸にも失職してしまった主人公が就活するところから始まります。自分で自分を可愛いと信じて疑っていない、ちょっと変な子ですが、真面目に頑張っています。

攻も生真面目で、いたって普通のひとです。そんなふたりがレンタルファミリー会社を介して出会い、恋をしていくと、ざっくり言えばそんなお話になっています。

最近ちょっと特殊な設定が続いたので、普通の子たちはかえって新鮮な感じがしました。

そんなお話ですが、とても可愛いイラストをつけていただきました。

榊空也先生、主人公ふたりのみならず、ＫＲＦの面々まで可愛く描いてくださって、本当にありがとうございます！

テンションがあがりました！　本ができあがる日が愉しみです。

そして、担当さんもお世話になりました。今回はタイトルも決めていただいて……タイトル苦手なので、本当に助かりました。

そして、この本を手にとってくださった方、いつも拙作を読んでくださっている方、本当に本当に嬉しいです。

出版不況を言われて久しい昨今ですが、お仕事をいただけることに感謝しつつ、自分のペースで頑張っていきたいと思いますので、今後もどうぞよろしくお願いします。

『職業、レンタル彼氏。』、少しでも愉しんでいただけますように。

高岡ミズミ

✦初出　職業、レンタル彼氏。………書き下ろし
肉食彼氏。……………………書き下ろし

高岡ミズミ先生、榊空也先生へのお便り、本作品に関するご意見、ご感想などは
〒151-0051 東京都渋谷区千駄ヶ谷 4-9-7
幻冬舎コミックス　ルチル文庫「職業、レンタル彼氏。」係まで。

幻冬舎ルチル文庫

職業、レンタル彼氏《ダーリン》。

2015年4月20日　　第1刷発行

✦著者	高岡ミズミ　たかおか みずみ
✦発行人	伊藤嘉彦
✦発行元	株式会社 幻冬舎コミックス 〒151-0051 東京都渋谷区千駄ヶ谷 4-9-7 電話 03(5411)6431[編集]
✦発売元	株式会社 幻冬舎 〒151-0051 東京都渋谷区千駄ヶ谷 4-9-7 電話 03(5411)6222[営業] 振替 00120-8-767643
✦印刷・製本所	中央精版印刷株式会社

✦検印廃止

ISBN978-4-344-83431-6　C0193　Printed in Japan